COLLECTION FOLIO

Jean-Paul Sartre

L'enfance
d'un chef

Gallimard

Cette nouvelle est extraite du recueil *Le mur* (Folio n° 878).

L'enfance d'un chef est la dernière et la plus longue des cinq nouvelles qui composent le recueil intitulé *Le mur*, paru en janvier 1939 — les quatres autres étant *Le mur*, *La chambre*, *Erostrate*, *Intimité*.

Son héros, Lucien Fleurier, est né dans un milieu de bourgeois provinciaux peu avant la Première Guerre mondiale. Il est le fils unique d'un industriel et destiné à succéder à son père. Enfant brumeux, secrètement embarrassé de son existence, il s'efforce sans conviction de coïncider avec l'image qu'on semble avoir de lui, voilant sans l'affronter ce sentiment de vide et d'inadéquation par une profusion de fantasmes qui tournent en angoisses, ou par des comédies. L'avenir qu'on lui prépare est une menace, de plus en plus précise à mesure qu'il grandit. Adolescent, il se cherche mais dans la confusion et la mauvaise foi. On pourrait aussi bien dire qu'il se fuit. La philosophie, les courants qui influencent la jeunesse du temps — psychanalyse, surréalisme — le happent et le retiennent un moment, puis lui répugnent : ses rejets sont aussi peu authentiques que ses engouements. Sa quête de lui-même finit par se réduire à une question, qui seule lui importe à présent et qui l'enferme : Comment devenir un jour le chef que ma famille espère ? Lucien se lie avec de jeunes militants d'extrême droite antisémites, dont il adopte avec enthousiasme l'idéologie et le goût de la violence, séduit surtout par l'assurance sans faille qu'ils ont de leur bon droit. Il se croit sauvé.

Dans cette parodie cruelle du roman d'apprentissage, qu'André Gide appréciait particulièrement, Sartre prolonge sa réflexion sur la contingence de l'existant et l'esprit de sérieux qui la masque, le sujet même de *La Nausée*, parue quelques mois plus tôt. Mais ici c'est l'évolution d'un enfant qu'il interroge : «Lucien Fleurier», écrit-il dans la prière d'insérer du *Mur*, «est le plus près de sentir qu'il existe mais il ne le veut pas, il s'évade, il se réfugie dans la contemplation de ses droits : car les droits n'existent pas, ils doivent être. En vain… fuir l'existence, c'est encore exister.»

« Je suis adorable dans mon petit costume d'ange. » Mme Portier avait dit à maman : « Votre petit garçon est gentil à croquer. Il est adorable dans son petit costume d'ange. » M. Bouffardier attira Lucien entre ses genoux et lui caressa les bras : « C'est une vraie petite fille, dit-il en souriant. Comment t'appelles-tu ? Jacqueline, Lucienne, Margot ? » Lucien devint tout rouge et dit : « Je m'appelle Lucien. » Il n'était plus tout à fait sûr de ne pas être une petite fille : beaucoup de personnes l'avaient embrassé en l'appelant mademoiselle, tout le monde trouvait qu'il était si charmant avec ses ailes de gaze, sa longue robe bleue, ses petits bras nus et ses boucles blondes ; il avait peur que les gens ne décident tout d'un coup qu'il n'était plus un petit garçon ; il aurait beau protester, personne ne l'écouterait, on ne lui permettrait plus de quitter sa robe sauf pour dormir, et le matin en se réveillant il la trouverait au pied de son lit et quand il voudrait faire pipi, au cours de la journée, il faudrait qu'il la relève, comme Nénette et qu'il s'asseye sur ses talons. Tout le monde lui dirait : ma jolie petite chérie ; peut-être que ça y est déjà, que je *suis* une petite fille ; il se sentait si doux en dedans, que c'en était un petit peu écœurant, et sa voix sortait toute flûtée de ses lèvres, et il offrit des fleurs à tout le monde avec des gestes arrondis ; il avait envie de s'embrasser la saignée du bras. Il pensa : ça n'est pas pour de vrai. Il aimait bien quand ça n'était pas pour de vrai mais il s'était amusé davantage le jour du Mardi gras : on l'avait costumé en Pierrot, il avait couru et sauté en criant, avec Riri, et ils s'étaient cachés sous les tables. Sa maman lui donna un coup léger de son face-à-main. « Je suis fière de mon petit garçon. » Elle était imposante et belle, c'était la plus grasse et la plus grande de toutes ces dames. Quand il passa devant le long buffet couvert d'une nappe blanche, son papa qui buvait une coupe de champagne le souleva de terre en lui disant : « Bonhomme ! » Lucien avait envie de pleurer et de dire : « Na ! » Il demanda de l'orangeade parce qu'elle était glacée et qu'on lui avait défendu d'en boire. Mais on lui en versa deux doigts dans un tout petit verre. Elle avait un goût poisseux et n'était pas du tout si glacée que ça : Lucien se mit à penser aux orangeades à l'huile de ricin qu'il avalait quand il était si malade. Il éclata en sanglots et trouva bien consolant d'être assis entre papa et maman dans l'automobile. Maman serrait Lucien contre elle, elle était chaude et parfumée, toute en soie. De temps à autre, l'intérieur de l'auto devenait blanc comme de la craie, Lucien clignait des yeux, les violettes que maman portait à son corsage sortaient de l'ombre et Lucien respirait tout à coup leur odeur. Il sanglotait encore un peu mais il se sentait moite et chatouillé, à peine un peu poisseux, comme l'orangeade ; il aurait aimé barboter dans sa petite baignoire et que maman le lavât avec l'éponge de caoutchouc. On lui permit de se coucher dans la chambre de papa et de maman, comme lorsqu'il était bébé ; il rit et fit grincer les ressorts de son petit lit, et papa dit : « Cet enfant est surexcité. » Il but un peu d'eau de fleurs d'oranger et vit papa en bras de chemise.

Le lendemain Lucien était sûr d'avoir oublié quelque chose. Il se rappelait très bien le rêve qu'il avait fait : papa et maman portaient des robes d'anges, Lucien était assis tout nu sur son pot, il jouait du tambour, papa et maman voletaient autour de lui ; c'était un cauchemar. Mais, avant le rêve, il y avait eu quelque chose, Lucien avait dû se réveiller. Quand il essayait de se rappeler, il voyait un long tunnel noir éclairé par une petite lampe bleue toute pareille à la veilleuse qu'on allumait le soir, dans la chambre de ses parents. Tout au fond de cette nuit sombre et bleue quelque chose s'était passé — quelque chose de blanc. Il s'assit par terre aux pieds de maman et prit son tambour. Maman lui dit : «Pourquoi me fais-tu ces yeux-là, mon bijou?» Il baissa les yeux et tapa sur son tambour en criant : «Boum, boum, tararaboum.» Mais quand elle eut tourné la tête il se mit à la regarder minutieusement, comme s'il la voyait pour la première fois. La robe bleue avec la rose en étoffe, il la reconnaissait bien, le visage aussi. Pourtant ça n'était plus pareil. Tout à coup il crut que ça y était; s'il y pensait encore un tout petit peu, il allait retrouver ce qu'il cherchait. Le tunnel s'éclaira d'un pâle jour gris, et on voyait remuer quelque chose. Lucien eut peur et poussa un cri : le tunnel disparut. «Qu'est-ce que tu as, mon petit chéri?» dit maman. Elle s'était agenouillée près de lui et avait l'air inquiet. «Je m'amuse», dit Lucien. Maman sentait bon, mais il avait peur qu'elle ne le touchât : elle lui paraissait drôle, papa aussi, du reste. Il décida qu'il n'irait plus jamais dormir dans leur chambre.

Les jours suivants, maman ne s'aperçut de rien. Lucien était tout le temps dans ses jupes, comme à l'ordinaire, et il bavardait avec elle en vrai petit homme. Il lui demanda de lui raconter *Le Petit Chaperon Rouge*, et maman le prit sur ses genoux. Elle lui parla du loup et de la grand-mère du Chaperon Rouge, un doigt levé, sou-

riante et grave. Lucien la regardait, il lui disait :
« Et alors ? » et quelquefois, il lui touchait les fri-
sons qu'elle avait dans le cou ; mais il ne l'écoutait pas, il se demandait si c'était bien sa vraie
maman. Quand elle eut fini son histoire, il lui
dit : « Maman, raconte-moi quand tu étais petite
fille. » Et maman raconta : mais peut-être qu'elle
mentait. Peut-être qu'elle était autrefois un petit
garçon et qu'on lui avait mis des robes —
comme à Lucien, l'autre soir — et qu'elle avait
continué à en porter pour faire semblant d'être
une fille. Il tâta gentiment ses beaux bras gras
qui, sous la soie, étaient doux comme du beurre.
Qu'est-ce qui arriverait si on ôtait la robe de
maman, et si elle mettait les pantalons de papa ?
Peut-être qu'il lui pousserait tout de suite une
moustache noire. Il serra les bras de maman de
toutes ses forces ; il avait l'impression qu'elle
allait se transformer sous ses yeux en une bête
horrible — ou peut-être devenir une femme à
barbe comme celle de la foire. Elle rit en
ouvrant la bouche toute grande, et Lucien vit sa
langue rose et le fond de sa gorge : c'était sale,
il avait envie de cracher dedans. « Hahaha !
disait maman, comme tu me serres, mon petit
homme ! Serre-moi bien fort. Aussi fort que tu
m'aimes. » Lucien prit une des belles mains aux
bagues d'argent et la couvrit de baisers. Mais le
lendemain, comme elle était assise près de lui et
qu'elle lui tenait les mains pendant qu'il était

11

sur son pot et qu'elle lui disait : « Pousse, Lucien, pousse, mon petit bijou, je t'en supplie », il s'arrêta soudain de pousser et lui demanda, un peu essoufflé : « Mais tu es bien ma vraie maman, au moins ? » Elle lui dit : « Petit sot » et lui demanda si ça n'allait pas bientôt venir. À partir de ce jour Lucien fut persuadé qu'elle jouait la comédie et il ne lui dit plus jamais qu'il l'épouserait quand il serait grand. Mais il ne savait pas trop quelle était cette comédie : il se pouvait que des voleurs, la nuit du tunnel, soient venus prendre papa et maman dans leur lit et qu'ils aient mis ces deux-là à leur place. Ou bien alors c'étaient bien papa et maman pour de vrai, mais dans la journée ils jouaient un rôle et, la nuit, ils étaient tout différents. Lucien fut à peine surpris, la nuit de Noël, quand il se réveilla en sursaut et qu'il les vit mettre les jouets dans la cheminée. Le lendemain, ils parlèrent du père Noël, et Lucien fit semblant de les croire : il pensait que c'était dans leur rôle ; ils avaient dû voler les jouets. Au mois de février, il eut la scarlatine et s'amusa beaucoup.

Quand il fut guéri, il prit l'habitude de jouer à l'orphelin. Il s'asseyait au milieu de la pelouse, sous le marronnier, remplissait ses mains de terre et pensait : « Je serais un orphelin, je m'appellerais Louis. Je n'aurais pas mangé depuis six jours. » La bonne, Germaine, l'appela pour le déjeuner, et, à table, il continua de jouer ;

papa et maman ne s'apercevaient de rien. Il avait été recueilli par des voleurs qui voulaient faire de lui un pickpocket. Quand il aurait déjeuné, il s'enfuirait et il irait les dénoncer. Il mangea et but très peu ; il avait lu dans *L'Auberge de l'Ange Gardien* que le premier repas d'un homme affamé devait être léger. C'était amusant parce que tout le monde jouait. Papa et maman jouaient à être papa et maman ; maman jouait à se tourmenter parce que son petit bijou mangeait si peu, papa jouait à lire le journal et à agiter, de temps en temps, son doigt devant la figure de Lucien en disant : « Badaboum, bonhomme ! » Et Lucien jouait aussi, mais il finit par ne plus très bien savoir à quoi. À l'orphelin ? Ou à être Lucien ? Il regarda la carafe. Il y avait une petite lumière rouge qui dansait au fond de l'eau et on aurait juré que la main de papa était dans la carafe, énorme et lumineuse, avec de petits poils noirs sur les doigts. Lucien eut soudain l'impression que la carafe aussi jouait à être une carafe. Finalement il toucha à peine aux plats et il eut si faim, l'après-midi, qu'il dut voler une douzaine de prunes et faillit avoir une indigestion. Il pensa qu'il en avait assez de jouer à être Lucien.

Il ne pouvait pourtant pas s'en empêcher et il lui semblait tout le temps qu'il jouait. Il aurait voulu être comme M. Bouffardier qui était si laid et si sérieux. M. Bouffardier, quand il venait dîner, se penchait sur la main de maman en disant : «Mes hommages, chère madame» et Lucien se plantait au milieu du salon et le regardait avec admiration. Mais rien de ce qui arrivait à Lucien n'était sérieux. Quand il tombait et se faisait une bosse, il s'arrêtait parfois de pleurer et se demandait : «Est-ce que j'ai vraiment bobo ?» Alors, il se sentait encore plus triste, et ses pleurs reprenaient de plus belle. Lorsqu'il embrassa la main de maman en lui disant : «Mes hommages, chère madame», maman lui ébouriffa les cheveux en lui disant : «Ce n'est pas bien, ma petite souris, tu ne dois pas te moquer des grandes personnes», et il se sentit tout découragé. Il ne parvenait à se trouver quelque importance que le premier et le troisième vendredi du mois. Ces jours-là, beaucoup de dames venaient voir maman et il y en avait toujours deux ou trois qui étaient en deuil ; Lucien aimait les dames en deuil surtout quand elles avaient de grands pieds. D'une manière générale, il se plaisait avec les grandes personnes parce qu'elles étaient si respectables — et jamais on n'a envie de penser qu'elles s'oublient au lit à toutes ces choses que font les petits garçons ; parce qu'elles ont tellement d'habits sur le corps et si sombres, on ne peut pas s'imaginer ce qu'il y a dessous. Quand elles sont ensemble, elles mangent de tout et elles parlent, et leurs rires même sont graves, c'est beau comme à la messe.

Elles traitaient Lucien comme un personnage. Mme Couffin prenait Lucien sur ses genoux et lui tâtait les mollets en déclarant : « C'est le plus joli petit mignon que j'aie vu. » Alors, elle l'interrogeait sur ses goûts, elle l'embrassait et elle lui demandait ce qu'il ferait plus tard. Et tantôt il répondait qu'il serait un grand général comme Jeanne d'Arc et qu'il reprendrait l'Alsace-Lorraine aux Allemands, tantôt qu'il voulait être missionnaire. Tout le temps qu'il parlait, il croyait ce qu'il disait. Mme Besse était une grande et forte femme avec une petite moustache. Elle renversait Lucien, elle le chatouillait en disant : « Ma petite poupée. » Lucien était ravi, il riait d'aise et se tortillait sous les chatouilles ; il pensait qu'il était une petite poupée, une charmante petite poupée pour grandes personnes et il aurait aimé que Mme Besse le déshabille et le lave et le mette au dodo dans un tout petit berceau comme un poupon de caoutchouc. Et parfois Mme Besse disait : « Est-ce qu'elle parle, ma poupée ? » et elle lui pressait tout à coup l'estomac. Alors, Lucien faisait semblant d'être une poupée mécanique, il disait : « Couic » d'une voix étranglée, et ils riaient tous les deux.

M. le curé, qui venait déjeuner à la maison tous les samedis, lui demanda s'il aimait bien sa maman. Lucien adorait sa jolie maman et son papa qui était si fort et si bon. Il répondit :

« Oui » en regardant M. le curé dans les yeux, d'un petit air crâne, qui fit rire tout le monde. M. le curé avait une tête comme une framboise, rouge et grumeleuse, avec un poil sur chaque grumeau. Il dit à Lucien que c'était bien et qu'il fallait toujours bien aimer sa maman ; et puis il demanda qui Lucien préférait de sa maman ou du Bon Dieu. Lucien ne put deviner sur-le-champ la réponse et il se mit à secouer ses boucles et à donner des coups de pied dans le vide en criant : « Baoum, tararaboum », et les grandes personnes reprirent leur conversation comme s'il n'existait pas. Il courut au jardin et se glissa au-dehors par la porte de derrière ; il avait emporté sa petite canne de jonc. Naturellement, Lucien ne devait jamais sortir du jardin, c'était défendu ; d'ordinaire, Lucien était un petit garçon très sage mais ce jour-là il avait envie de désobéir. Il regarda le gros buisson d'orties avec défiance ; on voyait bien que c'était un endroit défendu ; le mur était noirâtre, les orties étaient de méchantes plantes nuisibles, un chien avait fait sa commission juste au pied des orties ; ça sentait la plante, la crotte de chien et le vin chaud. Lucien fouetta les orties de sa canne en criant : « J'aime ma maman, j'aime ma maman. » Il voyait les orties brisées, qui pendaient minablement en jutant blanc, leurs cous blanchâtres et duveteux s'étaient effilochés en se cassant, il entendait une petite voix solitaire qui criait : «J'aime ma maman, j'aime ma maman» ; il y avait une grosse mouche bleue qui bourdonnait : c'était une mouche à caca, Lucien en avait peur — et une odeur de défendu, puissante, putride et tranquille lui emplissait les narines. Il répéta : «J'aime ma maman», mais sa voix lui parut étrange, il eut une peur épouvantable et s'enfuit d'une traite jusqu'au salon. De ce jour, Lucien comprit qu'il n'aimait pas sa maman. Il ne se sentait pas coupable, mais il redoubla de gentillesse parce qu'il pensait qu'on devait faire semblant toute sa vie d'aimer ses parents, sinon on était un méchant petit garçon. Mme Fleurier trouvait Lucien de plus en plus tendre et justement il y eut la guerre cet été-là et papa partit se battre et maman était heureuse, dans son chagrin, que Lucien fût tellement attentionné ; l'après-midi, quand elle reposait au jardin dans son transatlantique parce qu'elle avait tant de peine, il courait lui chercher un coussin et le lui glissait sous la tête ou bien il lui mettait une couverture sur les jambes et elle se défendait en riant : «Mais j'aurai trop chaud, mon petit homme, que tu es donc gentil!» Il l'embrassait fougueusement, tout hors d'haleine, en lui disant : «Ma maman à moi!» et il allait s'asseoir au pied du marronnier.

Il dit «marronnier!» et il attendit. Mais rien ne se produisit. Maman était étendue sous la véranda, toute petite au fond d'un lourd silence étouffant. Ça sentait l'herbe chaude, on aurait pu jouer à être un explorateur dans la forêt vierge ; mais Lucien n'avait plus de goût à jouer. L'air tremblait au-dessus de la crête rouge du mur, et le soleil faisait des taches brûlantes sur la terre et sur les mains de Lucien. « Marronnier ! » C'était choquant : quand Lucien disait à maman : « Ma jolie maman à moi », maman souriait et quand il avait appelé Germaine : arquebuse, Germaine avait pleuré et s'était plainte à maman. Mais quand on disait : marronnier, il n'arrivait rien du tout. Il marmotta entre ses dents : « Sale arbre » et il n'était pas rassuré, mais, comme l'arbre ne bougeait pas, il répéta plus fort : « Sale arbre, sale marronnier ! attends voir, attends un peu ! » et il lui donna des coups de pied. Mais l'arbre resta tranquille, tranquille — comme s'il était en bois. Le soir à dîner, Lucien dit à maman : « Tu sais, maman, les arbres, eh bien, ils sont en bois » en faisant une petite mine étonnée que maman aimait bien. Mais Mme Fleurier n'avait pas reçu de lettre au courrier de midi. Elle dit sèchement : « Ne fais pas l'imbécile. » Lucien devint un petit brise-tout. Il cassait tous ses jouets pour voir comment ils étaient faits, il taillada les bras d'un fauteuil avec un vieux rasoir de papa, il fit tomber la tanagra du salon pour savoir si elle était creuse et s'il y avait quelque chose dedans ; quand il se promenait il décapitait les plantes et les fleurs avec sa canne : chaque fois il était profondément déçu, les choses c'était bête, ça n'existait pas pour de vrai. Maman lui demandait souvent en lui montrant des fleurs ou des arbres : « Comment ça s'appelle, ça ? » Mais Lucien secouait la tête et répondait : « Ça, c'est rien du tout, ça n'a pas de nom. » Tout cela ne valait pas la peine qu'on y fît attention. Il était beaucoup plus amusant d'arracher les pattes d'une sauterelle parce qu'elle vous vibrait entre les doigts comme une toupie et, quand on lui pressait sur le ventre, il en sortait une crème jaune. Mais tout de même les sauterelles ne criaient pas. Lucien aurait bien voulu faire souffrir une de ces bêtes qui crient quand elles ont mal, une poule, par exemple, mais il n'osait pas les approcher. M. Fleurier revint au mois de mars parce que c'était un chef et le général lui avait dit qu'il serait plus utile à la tête de son usine que dans les tranchées comme n'importe qui. Il trouva Lucien très changé et il dit qu'il ne reconnaissait plus son petit bonhomme. Lucien était tombé dans une sorte de somnolence ; il répondait mollement, il avait toujours un doigt dans le nez ou bien il soufflait sur ses doigts et se mettait à les sentir, et il fallait le supplier pour qu'il fît sa commission. À présent, il allait tout seul au petit endroit ; il fallait simplement qu'il laissât sa porte entrebâillée et, de temps à autre, maman ou Germaine venaient l'encourager. Il restait des heures entières sur le trône et, une fois, il s'ennuya tellement qu'il s'endormit. Le médecin dit qu'il grandissait trop vite et prescrivit un reconstituant. Maman voulut enseigner à Lucien de nouveaux jeux mais Lucien trouvait qu'il jouait bien assez comme cela et que finalement tous les jeux se valaient, c'était toujours la même chose. Il boudait souvent : c'était aussi un jeu mais plutôt amusant. On faisait de la peine à maman, on se sentait tout triste et rancuneux, on devenait un peu sourd avec la bouche cousue et les yeux brumeux, au-dedans il faisait tiède et douillet comme quand on est sous les draps le soir et qu'on sent sa propre odeur ; on était seul au monde. Lucien ne pouvait plus sortir de ses bouderies, et quand papa prenait sa voix moqueuse pour lui dire : « Tu fais du boudin », Lucien se roulait par terre en sanglotant. Il allait encore assez souvent au salon quand sa maman recevait, mais, depuis qu'on lui avait coupé ses boucles, les grandes personnes s'occupaient moins de lui ou alors c'était pour lui faire la morale et lui raconter des histoires instructives. Quand son cousin Riri vint à Férolles à cause des bombardements avec la tante Berthe, sa jolie maman, Lucien fut très content et il essaya de lui apprendre à jouer. Mais Riri était trop occupé à détester les Boches et puis il sentait encore le bébé quoiqu'il eût six mois de plus que Lucien ; il avait des taches de son sur la figure et il ne comprenait pas toujours très bien. Ce fut à lui pourtant que Lucien confia qu'il était somnambule. Certaines personnes se lèvent la nuit et parlent et se promènent en dormant : Lucien l'avait lu dans *Le Petit Explorateur* et il avait pensé qu'il devait y avoir un vrai Lucien qui marchait, parlait et aimait ses parents pour de vrai pendant la nuit ; seulement, le matin venu, il oubliait tout et il recommençait à faire semblant d'être Lucien. Au début, Lucien ne croyait qu'à moitié à cette histoire mais un jour ils allèrent près des orties, et Riri montra son pipi à Lucien et lui dit : « Regarde comme il est grand, je suis un grand garçon. Quand il sera tout à fait grand, je serai un homme et j'irai me battre contre les Boches dans les tranchées. » Lucien trouva Riri tout drôle et il eut une crise de fou rire. « Fais voir le tien », dit Riri. Ils comparèrent et celui de Lucien était le plus petit, mais Riri trichait : il tirait sur le sien pour l'allonger. « C'est moi qui ai le plus grand, dit Riri. — Oui, mais moi je suis somnambule », dit Lucien tranquillement. Riri ne savait pas ce que c'était qu'un somnambule, et Lucien dut le lui expliquer. Quand il eut fini il pensa : « C'est donc vrai que je suis somnambule » et il eut une terrible envie de pleurer. Comme ils couchaient dans le même lit, ils convinrent que Riri resterait éveillé la nuit suivante, et qu'il observerait bien Lucien quand Lucien se lèverait, et qu'il retiendrait tout ce que Lucien dirait : « Tu me réveilleras au bout d'un moment, dit Lucien, pour voir si je me rappellerai tout ce que j'ai fait. » Le soir, Lucien, qui ne pouvait s'endormir, entendit des ronflements aigus et dut réveiller Riri. « Zanzibar ! » dit Riri. « Réveille-toi, Riri, tu dois me regarder quand je me lèverai. — Laisse-moi dormir », dit Riri d'une voix pâteuse. Lucien le secoua et le pinça sous sa chemise, et Riri se mit à gigoter et il demeura éveillé, les yeux ouverts, avec un drôle de sourire. Lucien pensa à une bicyclette que son papa devait lui acheter, il entendit le sifflement d'une locomotive, et puis, tout d'un coup, la bonne entra et tira les rideaux, il était huit heures du matin. Lucien ne sut jamais ce qu'il avait fait pendant la nuit. Le Bon Dieu le savait, lui, parce que le Bon Dieu voyait tout. Lucien s'agenouillait sur le prie-Dieu et s'efforçait d'être sage pour que sa maman le félicite à la sortie de la messe, mais il détestait le Bon Dieu : le Bon Dieu était plus renseigné sur Lucien que Lucien lui-même. Il savait que Lucien n'aimait pas sa maman ni son papa et qu'il faisait semblant d'être sage et qu'il touchait son pipi le soir dans son lit. Heureusement, le Bon Dieu ne pouvait pas tout se rappeler, parce qu'il y avait tant de petits garçons au monde. Quand Lucien se frappait le front en disant : « Picotin », le Bon Dieu oubliait tout de suite ce qu'il avait vu. Lucien entreprit aussi de persuader au Bon Dieu qu'il aimait sa maman. De temps à autre, il disait dans sa tête : « Comme j'aime ma chère maman ! » Il y avait toujours un petit coin en lui qui n'en était pas très persuadé, et le Bon Dieu naturellement voyait ce petit coin. Dans ce cas-là, c'était Lui qui gagnait. Mais quelquefois on pouvait s'absorber complètement dans ce qu'on disait. On pro-nonçait très vite « oh ! que j'aime ma maman », en articulant bien, et on revoyait le visage de maman et on se sentait tout attendri, on pensait vaguement, vaguement que le Bon Dieu vous regardait et puis après on n'y pensait même plus, on était tout crémeux de tendresse et puis il y avait les mots qui dansaient dans vos oreilles : maman, *maman*, MAMAN. Cela ne durait qu'un instant, bien entendu, c'était comme lorsque Lucien essayait de faire tenir une chaise en équi-libre sur deux pieds. Mais si, juste à ce moment-là, on prononçait « Pacota », le Bon Dieu était refait : il n'avait vu que du Bien, et ce qu'il avait vu se gravait pour toujours dans Sa mémoire. Mais Lucien se lassa de ce jeu parce qu'il fallait faire de trop gros efforts et puis finalement on ne savait jamais si le Bon Dieu avait gagné ou perdu. Lucien ne s'occupa plus de Dieu. Quand il fit sa première communion, M. le curé dit que c'était le petit garçon le plus sage et le plus pieux de tout le catéchisme. Lucien comprenait vite et il avait une bonne mémoire, mais sa tête était remplie de brouillards.

Le dimanche était une éclaircie. Les brouillards se déchiraient quand Lucien se promenait avec papa sur la route de Paris. Il avait son beau petit costume marin et on rencontrait des ouvriers de papa qui saluaient papa et Lucien. Papa s'approchait d'eux, et ils disaient : « Bonjour, monsieur Fleurier », et aussi « Bonjour, mon petit monsieur ». Lucien aimait bien les ouvriers parce que c'étaient des grandes personnes mais pas comme les autres. D'abord, ils l'appelaient : monsieur. Et puis ils portaient des casquettes et ils avaient de grosses mains aux ongles ras qui avaient toujours l'air souffrantes et gercées. Ils étaient responsables et respectueux. Il n'aurait pas fallu tirer la moustache du père Bouligaud : papa aurait grondé Lucien. Mais le père Bouligaud, pour parler à papa, ôtait sa casquette, et papa et Lucien gardaient leurs chapeaux sur leurs têtes et papa parlait d'une grosse voix souriante et bourrue : « Eh bien, père Bouligaud, on attend son fiston, quand est-ce qu'il aura sa permission ? — À la fin du mois, monsieur Fleurier, merci, monsieur Fleurier. » Le père Bouligaud avait l'air tout heureux et il ne se serait pas permis de donner une tape sur le derrière de Lucien en l'appelant Crapaud, comme M. Bouffardier. Lucien détestait M. Bouffardier, parce qu'il était si laid. Mais quand il voyait le père Bouligaud, il se sentait attendri et il avait envie d'être bon. Une fois, au retour de la promenade, papa prit Lucien sur ses genoux et lui expliqua ce que c'était qu'un chef. Lucien voulut savoir comment papa parlait aux ouvriers quand il était à l'usine, et papa lui montra comment il fallait s'y prendre, et sa voix était toute changée. « Est-ce que je deviendrai aussi un chef ? demanda Lucien. — Mais bien sûr, mon bonhomme, c'est pour cela que je t'ai fait. — Et à qui est-ce que je commanderai ? — Eh bien, quand je serai mort, tu seras le patron de mon usine et tu commanderas à mes ouvriers. — Mais ils seront morts aussi. — Eh bien, tu commanderas à leurs enfants et il faudra que tu saches te faire obéir et te faire aimer. — Et comment est-ce que je me ferai aimer, papa ? » Papa réfléchit un peu et dit : « D'abord, il faudra que tu les connaisses tous par leur nom. » Lucien fut profondément remué, et, quand le fils du contremaître Morel vint à la maison annoncer que son père avait eu deux doigts coupés, Lucien lui parla sérieusement et doucement, en le regardant tout droit dans les yeux et en l'appelant Morel. Maman dit qu'elle était fière d'avoir un petit garçon si bon et si sensible. Après cela, ce fut l'armistice, papa lisait le journal à haute voix tous les soirs, tout le monde parlait des Russes, et du gouvernement allemand, et des réparations, et papa montrait à Lucien des pays sur une carte : Lucien passa l'année la plus ennuyeuse de sa vie, il aimait encore mieux quand c'était la guerre ; à présent tout le monde avait l'air désœuvré, et les lumières qu'on voyait dans les yeux de Mme Coffin s'étaient éteintes. En octobre 1919, Mme Fleurier lui fit suivre les cours de l'école Saint-Joseph en qualité d'externe.

Il faisait chaud dans le cabinet de l'abbé Gerromet. Lucien était debout près du fauteuil de M. l'abbé, il avait mis ses mains derrière son dos et s'ennuyait ferme. « Est-ce que maman ne va pas bientôt s'en aller ? » Mais Mme Fleurier ne songeait pas encore à partir. Elle était assise sur l'extrême bord d'un fauteuil vert et tendait son ample poitrine vers M. l'abbé ; elle parlait très vite et elle avait sa voix musicale, comme quand elle était en colère et qu'elle ne voulait pas le montrer. M. l'abbé parlait lentement et les mots avaient l'air beaucoup plus longs dans sa bouche que dans celle des autres personnes, on aurait dit qu'il les suçait un peu, comme des sucres d'orge, avant de les laisser passer. Il expliquait à maman que Lucien était un bon petit garçon poli et travailleur mais si terriblement indifférent à tout et Mme Fleurier dit qu'elle était très déçue parce qu'elle avait pensé qu'un changement de milieu lui ferait du bien. Elle demanda s'il jouait, au moins, pendant les récréations. « Hélas ! madame, répondit le bon père, les jeux même ne semblent pas l'intéresser beaucoup. Il est quelquefois turbulent et même violent mais il se lasse vite ; je crois qu'il manque de persévérance. » Lucien pensa : « C'est de moi qu'ils parlent. » C'étaient deux grandes personnes et il faisait le sujet de leur conversation, tout comme la guerre, le gouvernement allemand ou M. Poincaré ; elles avaient l'air grave et elles raisonnaient sur son cas. Mais cette pensée ne lui fit même pas plaisir. Ses oreilles étaient pleines des petits mots chantants de sa mère, des mots sucés et collants de M. l'abbé, il avait envie de pleurer. Heureusement la cloche sonna, et on lui rendit sa liberté. Mais pendant la classe de géographie, il resta très énervé et il demanda à l'abbé Jacquin la permission d'aller au petit coin parce qu'il avait besoin de bouger.

Tout d'abord, la fraîcheur, la solitude et la bonne odeur du petit coin le calmèrent. Il s'était accroupi par acquit de conscience mais il n'avait pas envie ; il leva la tête et se mit à lire les inscriptions dont la porte était couverte. On avait écrit au crayon bleu : « Barataud est une punaise. » Lucien sourit : c'était vrai, Barataud était une punaise, il était minuscule, et on disait qu'il grandirait un peu mais presque pas, parce que son papa était tout petit, presque un nain. Lucien se demanda si Barataud avait lu cette inscription et il pensa que non : autrement elle serait effacée. Barataud aurait sucé son doigt et aurait frotté les lettres jusqu'à ce qu'elles disparaissent. Lucien se réjouit un peu en imaginant que Barataud irait au petit coin à quatre heures et qu'il baisserait sa petite culotte de velours et qu'il lirait : « Barataud est une punaise. » Peut-être n'avait-il jamais pensé qu'il était si petit. Lucien se promit de l'appeler punaise, dès le lendemain matin à la récréation. Il se releva et lut sur le mur de droite une autre inscription tracée de la même écriture bleue : « Lucien Fleurier est une grande asperche. » Il l'effaça soigneusement et revint en classe. « C'est vrai, pensa-t-il en regardant ses camarades, ils sont tous plus petits que moi. » Et il se sentit mal à l'aise. « Grande asperche. » Il était assis à son petit bureau en bois des Iles. Germaine était à la cuisine, maman n'était pas encore rentrée. Il écrivit « grande asperge » sur une feuille blanche pour rétablir l'orthographe. Mais les mots lui parurent trop connus et ne lui firent plus aucun effet. Il appela : « Germaine, ma bonne Germaine ! — Qu'est-ce que vous voulez encore ? demanda Germaine. — Germaine, je voudrais que vous écriviez sur ce papier : "Lucien Fleurier est une grande asperge." — Vous êtes fou, monsieur Lucien ? » Il lui entoura le cou de ses bras. « Germaine, ma petite Germaine, soyez gentille. » Germaine se mit à rire et essuya ses doigts gras à son tablier. Pendant qu'elle écrivait, il ne la regarda pas, mais, ensuite, il emporta la feuille dans sa chambre et la contempla longuement. L'écriture de Germaine était pointue, Lucien croyait entendre une voix sèche qui lui disait à l'oreille : « Grande asperge. » Il pensa : « Je suis grand. » Il était écrasé de honte : grand comme Barataud était petit — et les autres ricanaient derrière son dos. C'était comme si on lui avait jeté un sort : jusque-là, ça lui paraissait naturel de voir ses camarades de haut en bas. Mais à présent, il lui semblait qu'on l'avait condamné tout d'un coup à être grand pour le reste de sa vie. Le soir, il demanda à son père si on pouvait rapetisser quand on le voulait de toutes ses forces. M. Fleurier dit que non : tous les Fleurier avaient été grands et forts, et Lucien grandirait encore. Lucien fut désespéré. Quand sa mère l'eut bordé, il se releva et il alla se regarder dans la glace. « Je suis grand. » Mais il avait beau se regarder, ça ne se voyait pas, il n'avait l'air ni grand ni petit. Il releva un peu sa chemise et vit ses jambes ; alors il imagina que Costil disait à Hébrard : « Dis donc, regarde les longues jambes de l'asperge » et ça lui faisait tout drôle. Il faisait froid, Lucien frissonna et quelqu'un dit : « L'asperge a la chair de poule ! » Lucien releva très haut le pantet de sa chemise, et ils virent tous son nombril et toute sa boutique et puis il courut à son lit et s'y glissa. Quand il mit la main sous sa chemise il pensa que Costil le voyait et qu'il disait : « Regardez

donc un peu ce qu'elle fait, la grande asperge ! »
Il s'agita et tourna dans son lit en soufflant :
« Grande asperge ! grande asperge ! » jusqu'à ce
qu'il ait fait naître sous ses doigts une petite
démangeaison acidulée.

Les jours suivants, il eut envie de demander à
M. l'abbé la permission d'aller s'asseoir au fond
de la classe. C'était à cause de Boisset, de Winckelmann et de Costil qui étaient derrière lui et
qui pouvaient regarder sa nuque. Lucien sentait
sa nuque mais il ne la voyait pas et même il l'oubliait souvent. Mais pendant qu'il répondait de
son mieux à M. l'abbé, et qu'il récitait la tirade
de Don Diègue, les autres étaient derrière lui et
regardaient sa nuque et ils pouvaient ricaner en
pensant : « Qu'elle est maigre, il a deux cordes
dans le cou. » Lucien s'efforçait de gonfler sa
voix et d'exprimer l'humiliation de Don Diègue.
Avec sa voix il faisait ce qu'il voulait ; mais la
nuque était toujours là, paisible et inexpressive,
comme quelqu'un qui se repose, et Basset la
voyait. Il n'osa pas changer de place, parce que
le dernier banc était réservé aux cancres, mais
la nuque et les omoplates lui démangeaient tout
le temps, et il était obligé de se gratter sans cesse.
Lucien inventa un jeu nouveau : le matin, quand
il prenait son tub tout seul dans le cabinet de
toilette comme un grand, il imaginait que quelqu'un le regardait par le trou de la serrure, tantôt Costil, tantôt le père Bouligaud, tantôt

Germaine. Alors, il se tournait de tous côtés pour qu'ils le vissent sous toutes ses faces et parfois il tournait son derrière vers la porte et se mettait à quatre pattes pour qu'il fût bien bombé et bien ridicule ; M. Bouffardier s'approchait à pas de loup pour lui donner un lavement. Un jour qu'il était au petit endroit, il entendit des craquements ; c'était Germaine qui frottait à l'encaustique le buffet du couloir. Son cœur s'arrêta de battre, il ouvrit tout doucement la porte et sortit, la culotte sur les talons, la chemise roulée autour des reins. Il était obligé de faire de petits bonds, pour avancer sans perdre l'équilibre. Germaine leva sur lui un œil placide : « C'est-il que vous faites la course en sac ? » demanda-t-elle. Il remonta rageusement son pantalon et courut se jeter sur son lit. Mme Fleurier était désolée, elle disait souvent à son mari : « Lui qui était si gracieux quand il était petit, regarde comme il a l'air gauche ; si ça n'est pas dommage ! » M. Fleurier jetait un regard distrait sur Lucien et répondait : « C'est l'âge ! » Lucien ne savait que faire de son corps ; quoi qu'il entreprît, il avait toujours l'impression que ce corps était en train d'exister de tous les côtés à la fois, sans lui demander son avis. Lucien se complut à imaginer qu'il était invisible puis il prit l'habitude de regarder par les trous de serrure pour se venger et pour voir comment les autres étaient faits sans le savoir. Il vit sa mère pendant qu'elle se lavait. Elle était assise sur le bidet, elle avait l'air endormi et elle avait sûrement tout à fait oublié son corps et même son visage, parce qu'elle pensait que personne ne la voyait. L'éponge allait et venait toute seule sur cette chair abandonnée ; elle avait des mouvements paresseux et on avait l'impression qu'elle allait s'arrêter en cours de route. Maman frotta une lavette avec un morceau de savon, et sa main disparut entre ses jambes. Son visage était reposé, presque triste, sûrement elle pensait à autre chose, à l'éducation de Lucien ou à M. Poincaré. Mais pendant ce temps-là, elle *était* cette grosse masse rose, ce corps volumineux qui s'affalait sur la faïence du bidet. Lucien, une autre fois, ôta ses souliers et grimpa jusqu'aux mansardes. Il vit Germaine. Elle avait une longue chemise verte qui lui tombait jusqu'aux pieds, elle se peignait devant une petite glace ronde et elle souriait mollement à son image. Lucien fut pris de fou rire et dut redescendre précipitamment. Après cela, il se faisait des sourires et même des grimaces devant la psyché du salon et, au bout d'un moment, il était pris de peurs épouvantables.

Lucien finit par s'endormir tout à fait mais personne ne s'en aperçut sauf Mme Coffin qui l'appelait son bel-au-bois dormant ; une grosse boule d'air qu'il ne pouvait ni avaler ni cracher lui tenait toujours la bouche entrouverte : c'était

32

son *bâillement* ; quand il était seul, la boule gros-
sissait en lui caressant doucement le palais et la
langue ; sa bouche s'ouvrait toute grande, et les
larmes roulaient sur ses joues : c'étaient des
moments très agréables. Il ne s'amusait plus
autant quand il était aux cabinets mais en
revanche il aimait beaucoup éternuer, ça le
réveillait et, pendant un instant, il regardait
autour de lui d'un air émoustillé et puis il s'as-
soupissait de nouveau. Il apprit à reconnaître les
diverses sortes de sommeil : l'hiver, il s'asseyait
devant la cheminée et tendait sa tête vers le feu ;
quand elle était bien rouge et bien rissolée, elle
se vidait d'un seul coup ; il appelait ça « s'endormir par la tête ». Le matin du dimanche, au
contraire, il s'endormait par les pieds : il entrait
dans son bain, il se baissait lentement et le
sommeil montait le long de ses jambes et de
ses flancs en clapotant. Au-dessus du corps
endormi, tout blanc et ballonné au fond de
l'eau et qui avait l'air d'une poule bouillie, une
petite tête blonde trônait, pleine de mots
savants, templum, templi, templo, séisme, ico-
noclastes. En classe le sommeil était blanc, troué
d'éclairs : « Que vouliez-vous qu'il fît contre
trois ? » Premier : Lucien Fleurier « Qu'est-ce
que le Tiers État : rien. » Premier : Lucien Fleurier, second Winckelmann. Pellereau fut premier en algèbre ; il n'avait qu'un testicule,
l'autre n'était pas descendu ; il faisait payer deux

sous pour voir et dix pour toucher. Lucien donna les dix sous, hésita, tendit la main et s'en alla sans toucher, mais ensuite ses regrets étaient si vifs qu'ils le tenaient parfois éveillé plus d'une heure. Il était moins bon en géologie qu'en histoire, premier Winckelmann, second Fleurier. Le dimanche il allait se promener à bicyclette, avec Costil et Winckelmann. À travers de rousses campagnes que la chaleur écrasait, les bicyclettes glissaient sur la moelleuse poussière ; les jambes de Lucien étaient vivaces et musclées mais l'odeur sommeilleuse des routes lui montait à la tête, il se courbait sur son guidon, ses yeux devenaient roses et se fermaient à demi. Il eut trois fois de suite le prix d'excellence. On lui donna *Fabiola ou l'Église des Catacombes*, *Le Génie du Christianisme* et la *Vie du Cardinal Lavigerie*. Costil au retour des grandes vacances leur apprit à tous le *De Profundis Morpionibus* et l'*Artilleur de Metz*. Lucien décida de faire mieux et consulta le Larousse médical de son père à l'article « Utérus », ensuite il leur expliqua comment les femmes étaient faites, il leur fit même un croquis au tableau et Costil déclara que c'était dégueulasse ; mais après cela ils ne pouvaient plus entendre parler de trompes sans éclater de rire, et Lucien pensait avec satisfaction qu'on ne trouverait pas dans la France entière un élève de seconde et peut-être même de rhétorique qui connût aussi bien que lui les organes féminins.

Quand les Fleurier s'installèrent à Paris, ce fut un éclair de magnésium. Lucien ne pouvait plus dormir à cause des cinémas, des autos et des rues. Il apprit à distinguer une Voisin d'une Packard, une Hispano-Suiza d'une Rolls et il parlait à l'occasion de voitures surbaissées ; depuis plus d'un an, il portait des culottes longues. Pour le récompenser de son succès à la première partie du baccalauréat, son père l'envoya en Angleterre ; Lucien vit des prairies gonflées d'eau et des falaises blanches, il fit de la boxe avec John Latimer et il apprit l'over-arm-stroke, mais, un beau matin, il se réveilla endormi, ça l'avait repris ; il revint tout somnolent à Paris. La classe de Mathématiques-Élémentaires du lycée Condorcet comptait trente-sept élèves. Huit de ces élèves disaient qu'ils étaient dessalés et traitaient les autres de puceaux. Les dessalés méprisèrent Lucien jusqu'au 1er novembre, mais, le jour de la Toussaint, Lucien alla se promener avec Garry, le plus dessalé de tous et il fit preuve, négligemment, de connaissances anatomiques si précises que Garry fut ébloui. Lucien n'entra pas dans le groupe des dessalés parce que ses parents ne le laissaient pas sortir le soir, mais il eut avec eux des rapports de puissance à puissance.

Le jeudi, tante Berthe venait déjeuner rue Raynouard, avec Riri. Elle était devenue énorme et triste et passait son temps à soupirer ; mais comme sa peau était restée très fine et très blanche, Lucien aurait aimé la voir toute nue. Il y pensait le soir dans son lit : ça serait par un jour d'hiver, au bois de Boulogne, on la découvrirait nue dans un taillis, les bras croisés sur sa poitrine, frissonnante avec la chair de poule. Il imaginait qu'un passant myope la touchait du bout de sa canne en disant : « Mais qu'est-ce que c'est que cela ? » Lucien ne s'entendait pas très bien avec son cousin : Riri était devenu un joli jeune homme un peu trop élégant, il faisait sa philosophie à Lakanal et ne comprenait rien aux mathématiques. Lucien ne pouvait s'empêcher de penser que Riri, à sept ans passés, faisait encore son gros dans sa culotte, et qu'alors il marchait les jambes écartées comme un canard, et qu'il regardait sa maman avec des yeux candides en disant : « Mais non, maman, j'ai pas fait, je te promets. » Et il avait quelque répugnance à toucher la main de Riri. Pourtant, il était très gentil avec lui et lui expliquait ses cours de mathématiques ; il fallait qu'il fasse souvent un gros effort sur lui-même pour ne pas s'impatienter, parce que Riri n'était pas très intelligent. Mais il ne s'emporta jamais et il gardait toujours une voix posée et très calme. Mme Fleurier trouvait que Lucien avait beaucoup de tact, mais tante Berthe ne lui marquait aucune gratitude. Quand Lucien proposait à Riri de lui donner une leçon, elle rougissait un peu et s'agitait sur sa chaise en disant : « Mais non, tu es bien gentil, mon petit Lucien, mais Riri est trop grand garçon. Il pourrait s'il voulait ; il ne faut pas l'habituer à compter sur les autres. » Un soir, Mme Fleurier dit brusquement à Lucien : « Tu crois peut-être que Riri t'est reconnaissant de ce que tu fais pour lui ? Eh bien, détrompe-toi, mon petit garçon : il prétend que tu te gobes, c'est ta tante Berthe qui me l'a dit. » Elle avait pris sa voix musicale et un air bonhomme ; Lucien comprit qu'elle était folle de colère. Il se sentait vaguement intrigué et ne trouva rien à répondre. Le lendemain et le surlendemain, il eut beaucoup de travail et toute cette histoire lui sortit de l'esprit.

Le dimanche matin, il posa brusquement sa plume et se demanda : « Est-ce que je me gobe ? » Il était onze heures ; Lucien, assis à son bureau, regardait les personnages roses de la cretonne qui tapissait les murs ; il sentait sur sa joue gauche la chaleur sèche et poussiéreuse du premier soleil d'avril, sur sa joue droite la lourde chaleur touffue du radiateur. « Est-ce que je me gobe ? » Il était difficile de répondre. Lucien essaya d'abord de se rappeler son dernier entretien avec Riri et de juger impartialement sa propre attitude. Il s'était penché sur Riri et lui avait souri en disant : « Tu piges ? Si tu ne piges pas, mon vieux Riri, n'aie pas peur de le dire : on remettra ça. » Un peu plus tard, il avait fait une erreur dans un raisonnement délicat et il avait dit gaiement : « Au temps pour moi. » C'était une expression qu'il tenait de M. Fleurier et qui l'amusait. Il n'y avait pas de quoi fouetter un chat : « Mais est-ce que je me gobais, pendant que je disais ça ? » À force de chercher, il fit soudain réapparaître quelque chose de blanc, de rond, de doux comme un morceau de nuage : c'était sa pensée de l'autre jour : il avait dit : « Tu piges ? » et il y avait eu ça dans sa tête, mais ça ne pouvait pas se décrire. Lucien fit des efforts désespérés pour *regarder* ce bout de nuage et il sentit tout à coup qu'il tombait dedans, la tête la première, il se trouva en pleine buée et devint lui-même de la buée, il n'était plus qu'une chaleur blanche et humide qui sentait le linge. Il voulut s'arracher à cette buée et prendre du recul, mais elle venait avec lui. Il pensa : « C'est moi, Lucien Fleurier, je suis dans ma chambre, je fais un problème de physique, c'est dimanche. » Mais ses pensées fondaient en brouillard, blanc sur blanc. Il se secoua et se mit à détailler les personnages de la cretonne, deux bergères, deux bergers et l'Amour. Puis tout à coup il se dit : « Moi, je suis... » et un léger déclic se produisit : il s'était réveillé de sa longue somnolence.

Ça n'était pas agréable : les bergers avaient sauté en arrière, il semblait à Lucien qu'il les regardait par le gros bout d'une lorgnette. À la place de cette stupeur qui lui était si douce et qui se perdait voluptueusement dans ses propres replis, il y avait maintenant une petite perplexité très réveillée qui se demandait : « Qui suis-je ? »

« Qui suis-je ? Je regarde le bureau, je regarde le cahier. Je m'appelle Lucien Fleurier mais ça n'est qu'un nom. Je me gobe. Je ne me gobe pas. Je ne sais pas, ça n'a pas de sens.

« Je suis un bon élève. Non. C'est de la frime : un bon élève aime travailler — moi pas. J'ai de bonnes notes, mais je n'aime pas travailler. Je ne déteste pas ça non plus, je m'en fous. Je me fous de tout. Je ne serai jamais un chef. » Il pensa avec angoisse : « Mais qu'est-ce que je vais devenir ? » Un moment passa ; il se gratta la joue et cligna de l'œil gauche parce que le soleil l'éblouissait : « Qu'est-ce que je suis, *moi* ? » Il y avait cette brume, enroulée sur elle-même, indéfinie. « Moi ! » Il regarda au loin ; le mot sonnait dans sa tête et puis peut-être qu'on pouvait deviner quelque chose comme la pointe sombre d'une pyramide dont les côtés fuyaient, au loin, dans la brume. Lucien frissonna et ses mains tremblaient : « Ça y est, pensa-t-il, ça y est ! J'en étais sûr : *je n'existe pas.* »

Pendant les mois qui suivirent, Lucien essaya souvent de se rendormir mais il n'y réussit pas : il dormait bien régulièrement neuf heures par nuit et, le reste du temps, il était tout vif et de plus en plus perplexe : ses parents disaient qu'il ne s'était jamais si bien porté. Quand il lui arrivait de penser qu'il n'avait pas l'étoffe d'un chef, il se sentait romantique et il avait envie de marcher pendant des heures sous la lune ; mais ses parents ne l'autorisaient pas encore à sortir le soir. Alors souvent, il s'allongeait sur son lit et prenait sa température : le thermomètre marquait 37-5 ou 37-6 et Lucien pensait avec un plaisir amer que ses parents lui trouvaient bonne mine. « Je n'existe pas. » Il fermait les yeux et se laissait aller : l'existence est une illusion ; puisque je *sais* que je n'existe pas, je n'ai qu'à me boucher les oreilles, à ne plus penser à rien, et je vais m'anéantir. Mais l'illusion était tenace. Au moins avait-il sur les autres gens la supériorité très malicieuse de posséder un secret : Garry, par exemple, n'existait pas plus que Lucien. Mais il suffisait de le voir s'ébrouer tumultueusement au milieu de ses admirateurs : on comprenait tout de suite qu'il croyait dur comme fer à sa propre existence. M. Fleurier non plus n'existait pas — ni Riri ni personne — le monde était une comédie sans acteurs. Lucien, qui avait obtenu la note 15 pour sa dissertation sur « la Morale et la Science », songea à écrire un *Traité du Néant* et il imaginait que les gens, en le lisant, se résorberaient les uns après les autres, comme les vampires au chant du coq. Avant de commencer la rédaction de son traité, il voulut prendre l'avis du Babouin, son prof de philo. « Pardon, monsieur, lui dit-il à la fin d'une classe, est-ce qu'on peut soutenir que nous n'existons pas ? » Le Babouin dit que non. « Cogito, dit-il, ergo çoum. Vous existez puisque vous doutez de votre existence. » Lucien n'était pas convaincu mais il renonça à écrire son ouvrage. En juillet, il fut reçu sans éclat à son baccalauréat de mathématiques et partit pour Férolles avec ses parents. La perplexité ne passait toujours pas : c'était comme une envie d'éternuer.

Le père Bouligaud était mort et la mentalité des ouvriers de M. Fleurier avait beaucoup changé. Ils touchaient à présent de gros salaires et leurs femmes s'achetaient des bas de soie. Mme Bouffardier citait des détails effarants à Mme Fleurier : « Ma bonne me racontait qu'elle voyait hier chez le rôtisseur la petite Ansiaume, qui est la fille d'un bon ouvrier de votre mari et dont nous nous sommes occupées quand elle a perdu sa mère. Elle a épousé un ajusteur de Beaupertuis. Eh bien, elle commandait un poulet de vingt francs ! Et d'une arrogance ! Rien n'est assez bon pour elles ; elles veulent avoir tout ce que nous avons. » À présent, quand Lucien faisait, le dimanche, un petit tour de promenade avec son père, les ouvriers touchaient à peine leurs casquettes en les voyant et il y en avait même qui traversaient pour n'avoir pas à saluer. Un jour, Lucien rencontra le fils Bouligaud qui n'eut même pas l'air de le reconnaître. Lucien en fut un peu excité : c'était l'occasion de se prouver qu'il était un chef. Il fit peser sur Jules Bouligaud un regard d'aigle et s'avança vers lui, les mains derrière le dos. Mais Bouligaud ne sembla pas intimidé : il tourna vers Lucien des yeux vides et le croisa en sifflotant. «Il ne m'a pas reconnu», se dit Lucien. Mais il était profondément déçu et, les jours qui suivirent, il pensa plus que jamais que le monde n'existait pas.

Le petit revolver de Mme Fleurier était rangé dans le tiroir de gauche de sa commode. Son mari lui en avait fait cadeau en septembre 1914 avant de partir au front. Lucien le prit et le tourna longtemps entre ses doigts : c'était un petit bijou, avec un canon doré et une crosse plaquée de nacre. On ne pouvait pas compter sur un traité de philosophie pour persuader aux gens qu'ils n'existaient pas. Ce qu'il fallait c'était un acte, un acte vraiment désespéré qui dissipât les apparences et montrât en pleine lumière le néant du monde. Une dénotation, un jeune corps saignant sur un tapis, quelques mots griffonnés sur une feuille : «Je me tue parce que je n'existe pas. Et vous aussi, mes frères, vous êtes néant!» Les gens liraient leur journal le matin; ils verraient : «Un adolescent a osé!» Et chacun se sentirait terriblement troublé et se demanderait : «Et moi? Est-ce que j'existe?» On avait connu dans l'histoire, entre autres lors de la publication de *Werther*, de semblables épidémies de suicides ; Lucien pensa que « martyr » en grec veut dire « témoin ». Il était trop sensible pour faire un chef mais non pour faire un martyr. Par la suite, il entra souvent dans le boudoir de sa mère et il regardait le revolver et il entrait en agonie. Il lui arriva même de mordre le canon doré en serrant fortement ses doigts contre la crosse. Le reste du temps il était plutôt gai parce qu'il pensait que tous les vrais chefs avaient connu la tentation du suicide. Par exemple Napoléon. Lucien ne se dissimulait pas qu'il touchait le fond du désespoir mais il espérait sortir de cette crise avec une âme trempée et il lut avec intérêt le *Mémorial de Sainte-Hélène*. Il fallait pourtant prendre une décision : Lucien se fixa le 30 septembre comme terme ultime de ses hésitations. Les derniers jours furent extrêmement pénibles : certes la crise était salutaire, mais elle exigeait de Lucien une tension si forte qu'il craignait de se briser, un jour, comme du verre. Il n'osait plus toucher au revolver ; il se contentait d'ouvrir le tiroir, il soulevait un peu les combinaisons de sa mère et contemplait longuement le petit monstre glacial et têtu qui se tassait au creux de la soie rose. Pourtant lorsqu'il eut accepté de vivre, il ressentit un vif désappointement et se trouva tout désœuvré. Heureusement, les multiples soucis de la rentrée l'absorbèrent : ses parents l'envoyèrent au lycée Saint-Louis suivre les cours préparatoires à l'École centrale. Il portait un beau calot à liséré rouge avec un insigne et chantait :

C'est le piston qui fait marcher les machines
C'est le piston qui fait marcher les wagons...

Cette dignité nouvelle de « piston » comblait Lucien de fierté ; et puis sa classe ne ressemblait pas aux autres : elle avait des traditions et un cérémonial ; c'était une force. Par exemple, il était d'usage qu'une voix demandât, un quart d'heure avant la fin du cours de français : « Qu'est-ce qu'un cyrard ? » et tout le monde répondait en sourdine : « C'est un con ! » Sur quoi la voix reprenait : « Qu'est-ce qu'un agro ? » et on répondait un peu plus fort : « C'est un con ! » Alors M. Béthune qui était presque aveugle et portait des lunettes noires, disait avec lassitude : « Je vous en prie, messieurs ! » Il y avait quelques instants de silence absolu et les élèves se regardaient avec des sourires d'intelligence, puis quelqu'un criait : « Qu'est-ce qu'un piston ? » et ils rugissaient tous ensemble : « C'est un type énorme ! » À ces moments-là, Lucien se sentait galvanisé. Le soir, il relatait minutieusement à ses parents les divers incidents de la journée et quand il disait : « Alors toute la classe s'est mise à rigoler... » ou bien « toute la classe a décidé de mettre Meyrinez en quarantaine », les mots, en passant, lui chauffaient la bouche comme une gorgée d'alcool. Pourtant les premiers mois furent très durs : Lucien manqua ses compositions de mathématiques et de physique et puis, individuellement, ses camarades n'étaient pas trop sympathiques : c'étaient des boursiers, pour la plupart bûcheurs et malpropres avec de mauvaises manières. « Il n'y en a pas un, dit-il à son père, dont je voudrais me faire un ami. — Les boursiers, dit rêveusement M. Fleurier, représentent une élite intellectuelle et pourtant ils font de mauvais chefs : ils ont brûlé une étape. » Lucien, en entendant parler de « mauvais chefs », sentit un pincement désagréable à son cœur et il pensa de nouveau à se tuer pendant les semaines qui suivirent ; mais il n'avait plus le même enthousiasme qu'aux vacances. Au mois de janvier, un nouvel élève nommé Berliac scandalisa toute la classe : il portait des vestons cintrés verts ou mauves, à la dernière mode, de petits cols ronds et des pantalons comme on en voyait sur les gravures de tailleurs, si étroits qu'on se demandait comment il pouvait les enfiler. D'emblée, il se classa dernier en mathématiques. « Je m'en fous, déclara-t-il, je suis un littéraire, je fais des maths pour me mortifier. » Au bout d'un mois, il avait séduit tout le monde : il distribuait des cigarettes de contrebande et il leur dit qu'il avait des femmes et leur montra les lettres qu'elles lui envoyaient. Toute la classe décida que c'était un chic type et qu'il fallait lui ficher la paix. Lucien admirait beaucoup son élégance et ses manières, mais Berliac traitait Lucien avec condescendance et l'appelait « gosse de riches ». « Après tout, dit un jour Lucien, ça vaut mieux que si j'étais gosse de pauvres. » Berliac sourit. « Tu es un petit cynique ! » lui dit-il, et le lendemain, il lui fit lire un de ses poèmes : « Caruso gobait des yeux crus tous les soirs, à part ça sobre comme un chameau. Une dame fit un bouquet avec les yeux de sa famille et les lança sur la scène. Chacun s'incline devant ce geste exemplaire. Mais n'oubliez pas que son heure de gloire dura trente-sept minutes : exactement depuis le premier bravo jusqu'à l'extinction du grand lustre de l'Opéra (par la suite il fallait qu'elle tînt en laisse son mari, lauréat de plusieurs concours, qui bouchait avec deux croix de guerre les cavités roses de ses orbites). Et notez bien ceci : tous ceux d'entre nous qui mangeront trop de chair humaine en conserve périront par le scorbut. » « C'est très bien, dit Lucien décontenancé. — Je les obtiens, dit Berliac avec nonchalance, par une technique nouvelle, ça s'appelle l'écriture automatique. » À quelque temps de là, Lucien eut une violente envie de se tuer et décida de demander conseil à Berliac. « Qu'est-ce que je dois faire ? » demanda-t-il quand il eut exposé son cas. Berliac l'avait écouté avec attention ; il avait l'habitude de sucer ses doigts et d'enduire ensuite de salive les boutons qu'il avait sur la figure, de sorte que sa peau brillait par places comme un chemin après la pluie. « Fais comme tu voudras, dit-il enfin, ça n'a aucune importance. » Il réfléchit un peu et ajouta en appuyant sur les mots : « *Rien* n'a *jamais* aucune importance. » Lucien fut un peu déçu, mais il comprit que Berliac avait été profondément frappé quand celui-ci, le jeudi suivant, l'invita à goûter chez sa mère. Mme Berliac fut très aimable ; elle avait des verrues et une tache lie-de-vin sur la joue gauche : « Vois-tu, dit Berliac à Lucien, les vraies victimes de la guerre c'est nous. » C'était bien l'avis de Lucien et ils convinrent qu'ils appartenaient tous les deux à une géné-ration sacrifiée. Le jour tombait, Berliac s'était couché sur son lit, les mains nouées derrière la nuque. Ils fumèrent des cigarettes anglaises, firent tourner des disques au gramophone, et Lucien entendit la voix de Sophie Tucker et celle d'Al Johnson. Ils devinrent tout mélanco-liques et Lucien pensa que Berliac était son meilleur ami. Berliac lui demanda s'il connais-sait la psychanalyse ; sa voix était sérieuse et il regardait Lucien avec gravité. « J'ai désiré ma mère jusqu'à l'âge de quinze ans », lui confia-t-il. Lucien se sentit mal à l'aise ; il avait peur de rou-gir et puis il se rappelait les verrues de Mme Berliac et ne comprenait pas bien qu'on pût la désirer. Pourtant lorsqu'elle entra pour leur apporter des toasts, il fut vaguement troublé et essaya de deviner sa poitrine à travers le chandail jaune qu'elle portait. Quand elle fut sortie, Berliac dit d'une voix positive : « Toi aussi, naturellement, tu as eu envie de coucher avec ta mère. » Il n'interrogeait pas, il affirmait. Lucien haussa les épaules : « Naturellement », dit-il. Le lendemain, il était inquiet, il avait peur que Berliac ne répétât leur conversation. Mais il se rassura vite : « Après tout, pensa-t-il, il s'est plus compromis que moi. » Il était très séduit par le tour scientifique qu'avaient pris leurs confidences et, le jeudi suivant, il lut un ouvrage de Freud sur le rêve à la bibliothèque Sainte-Geneviève. Ce fut une révélation. « C'est donc ça, se répétait Lucien en marchant au hasard par les rues, c'est donc ça ! » Il acheta par la suite l'*Introduction à la Psychanalyse* et la *Psychopathologie de la vie quotidienne*, tout devint clair pour lui. Cette impression étrange de ne pas exister, ce vide qu'il y avait eu longtemps dans sa conscience, ses somnolences, ses perplexités, ses efforts vains pour se connaître, qui ne rencontraient jamais qu'un rideau de brouillard... « Parbleu, pensa-t-il, j'ai un complexe. » Il raconta à Berliac comment il s'était, dans son enfance, figuré qu'il était somnambule et comment les objets ne lui paraissaient jamais tout à fait réels : « Je dois avoir,

conclut-il, un complexe de derrière les fagots. —
Tout comme moi, dit Berliac, nous avons des
complexes maison ! » Ils prirent l'habitude d'in-
terpréter leurs rêves et jusqu'à leurs moindres
gestes ; Berliac avait toujours tant d'histoires à
raconter que Lucien le soupçonnait un peu de
les inventer ou, tout au moins, de les embellir.
Mais ils s'entendaient très bien et ils abordaient
les sujets les plus délicats avec objectivité ; ils
s'avouèrent qu'ils portaient un masque de gaieté
pour tromper leur entourage mais qu'ils étaient
au fond terriblement tourmentés. Lucien était
délivré de ses inquiétudes. Il s'était jeté avec avi-
dité sur la psychanalyse parce qu'il avait compris
que c'était ce qui lui convenait et à présent il se
sentait raffermi, il n'avait plus besoin de se faire
du mauvais sang et d'être toujours à chercher
dans sa conscience les manifestations palpables
de son caractère. Le véritable Lucien était profondément enfoui dans l'inconscient ; il fallait
rêver à lui sans jamais le voir, comme à un cher
absent. Lucien pensait tout le jour à ses complexes et il imaginait avec une certaine fierté le
monde obscur, cruel et violent qui grouillait
sous les vapeurs de sa conscience. « Tu comprends, disait-il à Berliac, en apparence j'étais
un gosse endormi et indifférent à tout, quelqu'un de pas très intéressant. Et même du
dedans, tu sais, ça avait tellement l'air d'être ça,
que j'ai failli m'y laisser prendre. Mais je savais

bien qu'il y avait autre chose. — Il y a *toujours* autre chose », répondait Berliac. Et ils se souriaient avec orgueil. Lucien fit un poème intitulé *Quand la brume se déchirera* et Berliac le trouva fameux, mais il reprocha à Lucien de l'avoir écrit en vers réguliers. Ils l'apprirent tout de même par cœur et quand ils voulaient parler de leurs libidos ils disaient volontiers :

« Les grands crabes tapis sous le manteau de brume » puis, tout simplement, « les crabes » en clignant de l'œil. Mais au bout de quelque temps, Lucien, quand il était seul et surtout le soir, commença à trouver tout cela un peu effrayant. Il n'osait plus regarder sa mère en face, et quand il l'embrassait avant d'aller se coucher, il craignait qu'une puissance ténébreuse ne déviât son baiser et ne le fît tomber sur la bouche de Mme Fleurier, c'était comme s'il avait porté en lui-même un volcan. Lucien se traita avec précaution, pour ne pas violenter l'âme somptueuse et sinistre qu'il s'était découverte. Il en connaissait à présent tout le prix et il en redoutait les terribles réveils. « J'ai peur de moi », se disait-il. Il avait renoncé depuis six mois aux pratiques solitaires parce qu'elles l'ennuyaient et qu'il avait trop de travail mais il y revint : il fallait que chacun suivît sa pente, les livres de Freud étaient remplis par les histoires de malheureux jeunes gens qui avaient eu des poussées de névrose pour avoir rompu trop brusquement avec leurs habitudes. « Est-ce que nous n'allons pas devenir fous ? » demandait-il à Berliac. Et de fait, certains jeudis, ils se sentaient étranges : la pénombre s'était sournoisement glissée dans la chambre de Berliac, ils avaient fumé des paquets entiers de cigarettes opiacées, leurs mains tremblaient. Alors l'un d'eux se levait sans mot dire, marchait à pas de loup jusqu'à la porte et tournait le commutateur. Une lumière jaune envahissait la pièce et ils se regardaient avec défiance.

Lucien ne tarda pas à remarquer que son amitié avec Berliac reposait sur un malentendu : nul plus que lui, certes, n'était sensible à la beauté pathétique du complexe d'Œdipe, mais il y voyait surtout le signe d'une puissance de passion qu'il souhaitait dériver plus tard vers d'autres fins. Berliac, au contraire, semblait se complaire dans son état et n'en voulait pas sortir. « Nous sommes des types foutus, disait-il avec orgueil, des ratés. Nous ne ferons jamais rien. — Jamais rien », répondait Lucien en écho. Mais il était furieux. Au retour des vacances de Pâques, Berliac lui raconta qu'il avait partagé la chambre de sa mère dans un hôtel de Dijon : il s'était levé au petit matin, s'était approché du lit où sa mère dormait encore et avait rabattu doucement les couvertures. « Sa chemise était relevée », dit-il en ricanant. En entendant ces mots, Lucien ne put se défendre de mépriser un peu Berliac et il se sentit très seul. C'était bien joli d'avoir des complexes mais il fallait savoir les liquider à temps : comment un homme fait pourrait-il assumer des responsabilités, et prendre un commandement, s'il avait gardé une sexualité infantile ? Lucien commença à s'inquiéter sérieusement : il aurait aimé prendre le conseil d'une personne autorisée mais il ne savait à qui s'adresser. Berliac lui parlait souvent d'un surréaliste nommé Bergère qui était très versé dans la psychanalyse et qui semblait avoir pris un grand ascendant sur lui ; mais jamais il n'avait proposé à Lucien de le lui faire connaître. Lucien fut aussi très déçu parce qu'il avait compté sur Berliac pour lui procurer des femmes ; il pensait que la possession d'une jolie maîtresse changerait tout naturellement le cours de ses idées. Mais Berliac ne parlait plus jamais de ses belles amies. Ils allaient quelquefois sur les grands boulevards et suivaient des typesses mais ils n'osaient pas leur parler : « Que veux-tu, mon pauvre vieux, disait Berliac, nous ne sommes pas de la race qui plaît. Les femmes sentent en nous quelque chose qui les effraie. » Lucien ne répondait pas ; Berliac commençait à l'agacer. Il faisait souvent des plaisanteries de très mauvais goût sur les parents de Lucien, il les appelait monsieur et madame Dumollet. Lucien comprenait fort bien qu'un surréaliste méprisât la bourgeoisie en général, mais Berliac avait été invité plusieurs fois par Mme Fleurier qui l'avait

traité avec confiance et amitié : à défaut de gratitude, un simple souci de décence aurait dû
l'empêcher de parler d'elle sur ce ton. Et puis
Berliac était terrible avec sa manie d'emprunter
de l'argent qu'il ne rendait pas : dans l'autobus
il n'avait jamais de monnaie, et il fallait payer
pour lui ; dans les cafés, il ne proposait qu'une
fois sur cinq de régler les consommations.
Lucien lui dit tout net, un jour, qu'il ne comprenait pas cela, et qu'on devait, entre camarades, partager tous les frais des sorties. Berliac
le regarda avec profondeur et lui dit : « Je m'en
doutais : tu es un anal » et il lui expliqua le rap-
port freudien : fèces = or et la théorie freu-
dienne de l'avarice. « Je voudrais savoir une
chose, dit-il ; jusqu'à quel âge ta mère t'a-t-elle
essuyé ? » Ils faillirent se brouiller.

Dès le début du mois de mai, Berliac se mit à
sécher le lycée : Lucien allait le rejoindre, après
la classe, dans un bar de la rue des Petits-
Champs où ils buvaient des vermouths Crucifix.
Un mardi après-midi, Lucien trouva Berliac atta-
blé devant un verre vide. « Te voilà, dit Berliac.
Écoute, il faut que je les mette, j'ai rendez-vous
à cinq heures avec mon dentiste. Attends-moi, il
habite à côté, et j'en ai pour une demi-heure. —
O. K., répondit Lucien en se laissant tomber sur
une chaise. François, donnez-moi un vermouth
blanc. » À ce moment un homme entra dans le
bar et sourit d'un air étonné en les apercevant.

Berliac rougit et se leva précipitamment. « Qui ça peut-il être ? » se demanda Lucien. Berliac, en serrant la main de l'inconnu, s'était arrangé pour lui masquer Lucien ; il parlait d'une voix basse et rapide, l'autre répondit d'une voix claire. « Mais non, mon petit, mais non, tu ne seras jamais qu'un pitre. » En même temps il se haussait sur la pointe des pieds et dévisageait Lucien par-dessus le crâne de Berliac, avec une tranquille assurance. Il pouvait avoir trente-cinq ans ; il avait un visage pâle et de magnifiques cheveux blancs : « C'est sûrement Bergère, pensa Lucien le cœur battant, ce qu'il est beau ! »

Berliac avait pris l'homme aux cheveux blancs par le coude d'un geste timidement autoritaire :

« Venez avec moi, dit-il, je vais chez mon dentiste, c'est à deux pas.

— Mais tu étais avec un ami, je crois, répondit l'autre sans quitter Lucien des yeux, tu devrais nous présenter l'un à l'autre. »

Lucien se leva en souriant. « Attrape ! » pensait-il ; il avait les joues en feu. Le cou de Berliac rentra dans ses épaules, et Lucien crut une seconde qu'il allait refuser. « Eh bien, présente-moi donc », fit-il d'une voix gaie. Mais à peine avait-il parlé que le sang afflua à ses tempes ; il aurait voulu rentrer sous terre. Berliac fit volte-face et marmotta sans regarder personne :

« Lucien Fleurier, un camarade de lycée, mon-sieur Achille Bergère.

— Monsieur, j'admire vos œuvres », dit Lucien d'une voix faible. Bergère lui prit la main dans ses longues mains fines et l'obligea à se rasseoir. Il y eut un silence ; Bergère enveloppait Lucien d'un chaud regard tendre ; il lui tenait toujours la main : « Êtes-vous inquiet ? » demanda-t-il avec douceur.

Lucien s'éclaircit la voix et rendit à Bergère un ferme regard :

« Je suis inquiet ! » répondit-il distinctement. Il lui semblait qu'il venait de subir les épreuves d'une initiation. Berliac hésita un instant puis vint rageusement reprendre sa place en jetant son chapeau sur la table. Lucien brûlait d'envie de raconter à Bergère sa tentative de suicide ; c'était quelqu'un avec qui il fallait parler des choses abruptement et sans préparation. Il n'osa rien dire à cause de Berliac ; il haïssait Berliac.

« Avez-vous du raki ? demanda Bergère au garçon.

— Non, ils n'en ont pas, dit Berliac avec empressement ; c'est une petite boîte charmante mais il n'y a rien à boire que du vermouth.

— Qu'est-ce que c'est que cette chose jaune que vous avez là-bas dans une carafe ? demanda Bergère avec une aisance pleine de mollesse.

— C'est du crucifix blanc, répondit le gar-çon.

— Eh bien, donnez-moi de ça. »

Berliac se tortillait sur sa chaise : il semblait partagé entre le désir de vanter ses amis et la crainte de faire briller Lucien à ses dépens. Il finit par dire, d'une voix morne et fière :

« Il a voulu se tuer.

— Parbleu ! dit Bergère, je l'espère bien. »

Il y eut un nouveau silence : Lucien avait baissé les yeux d'un air modeste mais il se demandait si Berliac n'allait pas bientôt foutre le camp. Bergère regarda tout à coup sa montre.

« Et ton dentiste ? » demanda-t-il.

Berliac se leva de mauvaise grâce.

« Accompagnez-moi, Bergère, supplia-t-il, c'est à deux pas.

— Mais non, puisque tu reviens. Je tiendrai compagnie à ton camarade. »

Berliac demeura encore un moment, il sautait d'un pied sur l'autre.

« Allez, file, dit Bergère, d'une voix impérieuse, tu nous retrouveras ici. »

Lorsque Berliac fut parti, Bergère se leva et vint s'asseoir sans façon à côté de Lucien. Lucien lui raconta longuement son suicide ; il lui expliqua aussi qu'il avait désiré sa mère, et qu'il était un sadico-anal, et qu'il n'aimait rien au fond, et que tout en lui était comédie. Bergère l'écoutait sans mot dire en le regardant profondément, et Lucien trouvait délicieux d'être compris. Quand il eut fini, Bergère lui passa familièrement le bras autour des épaules, et Lucien respira une odeur d'eau de Cologne et de tabac anglais.

« Savez-vous, Lucien, comment j'appelle votre état ? » Lucien regarda Bergère avec espoir ; il ne fut pas déçu.

« Je l'appelle, dit Bergère, le Désarroi. »

Désarroi : le mot avait commencé tendre et blanc comme un clair de lune, mais le « oi » final avait l'éclat cuivré d'un cor.

« Désarroi... », dit Lucien.

Il se sentait grave et inquiet comme lorsqu'il avait dit à Riri qu'il était somnambule. Le bar était sombre mais la porte s'ouvrait toute grande sur la rue, sur le lumineux brouillard blond du printemps ; sous le parfum soigné que dégageait Bergère, Lucien percevait la lourde odeur de la salle obscure, une odeur de vin rouge et de bois humide. « Désarroi... pensait-il ; à quoi est-ce que ça va m'engager ? » Il ne savait pas bien si on lui avait découvert une dignité ou une maladie nouvelle ; il voyait près de ses yeux les lèvres agiles de Bergère qui voilaient et dévoilaient sans répit l'éclat d'une dent d'or.

« J'aime les êtres qui sont en désarroi, disait Bergère, et je trouve que vous avez une chance extraordinaire. Car enfin, cela vous a été donné. Vous voyez tous ces porcs ? Ce sont des assis. Il faudrait les donner aux fourmis rouges, pour les asticoter un peu. Vous savez ce qu'elles font ces consciencieuses bestioles ?

— Elles mangent de l'homme, dit Lucien.

— Oui, elles débarrassent les squelettes de leur viande humaine.

— Je vois », dit Lucien. Il ajouta : « Et moi ? Qu'est-ce qu'il faut que je fasse ?

— Rien, pour l'amour de Dieu, dit Bergère avec un effarement comique. Et surtout ne pas vous asseoir. À moins, dit-il en riant, que ce ne soit sur un pal. Avez-vous lu Rimbaud ?

— Nnnnon, dit Lucien.

— Je vous prêterai *Les Illuminations*. Écoutez, il faut que nous nous revoyions. Si vous êtes libre jeudi, passez donc chez moi vers trois heures, j'habite à Montparnasse, 9, rue Campagne-Première. »

Le jeudi suivant, Lucien alla chez Bergère et il y retourna presque tous les jours du mois de mai. Ils avaient convenu de dire à Berliac qu'ils se voyaient une fois par semaine, parce qu'ils voulaient être francs avec lui tout en évitant de lui faire de la peine. Berliac s'était montré parfaitement déplacé ; il avait dit à Lucien en ricanant : « Alors, c'est le béguin ? Il t'a fait le coup de l'inquiétude, et tu lui as fait le coup du suicide : le grand jeu, quoi ! » Lucien protesta : « Je te ferai remarquer, dit-il en rougissant, que c'est toi qui as parlé le premier de mon suicide. — Oh ! dit Berliac, c'était seulement pour t'éviter la honte de le faire toi-même. » Ils espacèrent leurs rendez-vous. « Tout ce qui me plaisait en lui, dit un jour Lucien à Bergère, c'est à vous qu'il l'empruntait, je m'en rends compte à présent. — Berliac est un singe, dit Bergère en riant, c'est ce qui m'a toujours attiré vers lui. Vous savez que sa grand-mère maternelle est juive ? Cela explique bien des choses. — En effet », répondit Lucien. Il ajouta au bout d'un instant : « D'ailleurs, c'est quelqu'un de charmant. » L'appartement de Bergère était encombré d'objets étranges et comiques : des poufs dont le siège de velours rouge reposait sur des jambes de femmes en bois peint, des statuettes nègres, une ceinture de chasteté en fer forgé avec des piquants, des seins en plâtre dans lesquels on avait planté de petites cuillers ; sur le bureau, un gigantesque pou de bronze et un crâne de moine volé dans un ossuaire de Mistra servaient de presse-papiers. Les murs étaient tapissés de lettres de faire-part qui annonçaient la mort du surréaliste Bergère. Malgré tout, l'appartement donnait une impression de confort intelligent, et Lucien aimait à s'étendre sur le divan profond du fumoir. Ce qui l'étonnait particulièrement c'était l'énorme quantité de farces et d'attrapes que Bergère avait accumulées sur une étagère : fluide glacial, poudre à éternuer, poil à gratter, sucre flottant, étron diabolique, jarretelle de la mariée. Bergère prenait, tout en parlant, l'étron diabolique entre ses doigts et le considérait avec gravité : « Ces attrapes, disait-il,

59

ont une valeur révolutionnaire ; elles inquiètent. Il y a plus de puissance destructrice en elles que dans les œuvres complètes de Lénine. » Lucien, surpris et charmé, regardait tour à tour ce beau visage tourmenté aux yeux caves et ces longs doigts fins qui tenaient avec grâce un excrément parfaitement imité. Bergère lui parlait souvent de Rimbaud et du « dérèglement systématique de tous les sens ». « Quand vous pourrez, en passant sur la place de la Concorde, voir distinctement et à volonté une négresse à genoux en train de sucer l'obélisque, vous pourrez vous dire que vous avez crevé le décor et que vous êtes sauvé. » Il lui prêta *Les Illuminations*, les *Chants de Maldoror*, et les œuvres du marquis de Sade. Lucien essayait consciencieusement de comprendre, mais beaucoup de choses lui échappaient et il était choqué parce que Rimbaud était pédéraste. Il le dit à Bergère qui se mit à rire : « Mais pourquoi, mon petit ? » Lucien fut très embarrassé. Il rougit et pendant une minute il se mit à haïr Bergère de toutes ses forces ; mais il se domina, releva la tête et dit avec une franchise simple : « J'ai dit une connerie. » Bergère lui caressa les cheveux : il paraissait attendri : « Ces grands yeux pleins de trouble, dit-il, ces yeux de biche... Oui, Lucien, vous avez dit une connerie. La pédérastie de Rimbaud, c'est le dérèglement premier et génial de sa sensibilité. C'est à elle que nous devons ses poèmes. Croire qu'il y a des objets spécifiques du désir sexuel et que ces objets sont les femmes, parce qu'elles ont un trou entre les jambes, c'est la hideuse et volontaire erreur des assis. Regardez ! » Il tira de son bureau une douzaine de photos jaunies et les jeta sur les genoux de Lucien. Lucien vit d'horribles putains nues, riant de leurs bouches édentées, écartant leurs jambes comme des lèvres et dardant entre leurs cuisses quelque chose comme une langue moussue. «J'ai eu la collection pour trois francs à Bou-Saada, dit Bergère. Si vous embrassez le derrière de ces femmes-là, vous êtes un fils de famille et tout le monde dira que vous menez la vie de garçon. Parce que ce sont des femmes, comprenez-vous ? Moi je vous dis que la première chose à faire c'est de vous persuader que *tout* peut être objet de désir sexuel, une machine à coudre, une éprouvette, un cheval ou un soulier. Moi, dit-il en riant, j'ai fait l'amour avec des mouches. J'ai connu un fusilier marin qui couchait avec des canards. Il leur mettait la tête dans un tiroir, les tenait solidement par les pattes et allez donc ! » Bergère pinça distraitement l'oreille de Lucien et conclut : «Le canard en mourait, et le bataillon le mangeait.» Lucien sortait de ces entretiens la tête en feu, il pensait que Bergère était un génie, mais il lui arrivait de se réveiller la nuit, trempé de sueur, la tête remplie de visions monstrueuses et obscènes, et il se demandait si Bergère exerçait sur lui une bonne influence : « Être seul ! gémissait-il en se tordant les mains, n'avoir personne pour me conseiller, pour me dire si je suis dans le droit chemin ! » S'il allait jusqu'au bout, s'il pratiquait pour de bon le dérèglement de tous ses sens, est-ce qu'il n'allait pas perdre pied et se noyer ! Un jour que Bergère lui avait longtemps parlé d'André Breton, Lucien murmura comme dans un rêve : « Oui, mais si, après ça, je ne peux plus revenir en arrière ? » Bergère sursauta : « Revenir en arrière ? Qui parle de revenir en arrière ? Si vous devenez fou, c'est tant mieux. Après, comme dit Rimbaud, "viendront d'autres horribles travailleurs". — C'est bien ce que je pensais », dit Lucien tristement. Il avait remarqué que ces longues causeries avaient un résultat opposé à celui que souhaitait Bergère : dès que Lucien se surprenait à éprouver une sensation un peu fine, une impression originale, il se mettait à trembler : « Ça commence », pensait-il. Il aurait volontiers souhaité n'avoir plus que les perceptions les plus banales et les plus épaisses ; il ne se sentait à l'aise que le soir avec ses parents : c'était son refuge. Ils parlaient de Briand, de la mauvaise volonté des Allemands, des couches de la cousine Jeanne et du prix de la vie ; Lucien échangeait voluptueusement avec eux des propos d'un grossier bon sens. Un jour, comme il rentrait dans sa chambre après avoir quitté Bergère, il ferma machinalement la porte à clef et poussa la targette. Quand il s'aperçut de son geste, il s'efforça d'en rire, mais il ne put dormir de la nuit : il venait de comprendre qu'il avait peur.

Cependant il n'aurait cessé pour rien au monde de fréquenter Bergère. « Il me fascine », se disait-il. Et puis il appréciait vivement la camaraderie si délicate et d'un genre si particulier que Bergère avait su établir entre eux. Sans quitter un ton viril et presque rude, Bergère avait l'art de faire sentir et, pour ainsi dire, toucher à Lucien sa tendresse : par exemple, il lui refaisait le nœud de sa cravate en le grondant d'être si mal fagoté, il le peignait avec un peigne d'or qui venait du Cambodge. Il fit découvrir à Lucien son propre corps et lui expliqua la beauté âpre et pathétique de la jeunesse : « Vous êtes Rimbaud, lui disait-il, il avait vos grandes mains quand il est venu à Paris pour voir Verlaine, il avait ce visage rose de jeune paysan bien portant et ce long corps grêle de fillette blonde. » Il obligeait Lucien à défaire son col et à ouvrir sa chemise, puis il le conduisait, tout confus, devant une glace et lui faisait admirer l'harmonie charmante de ses joues rouges et de sa gorge blanche ; alors il effleurait d'une main légère les hanches de Lucien et ajoutait tristement : « On devrait se tuer à vingt ans. » Souvent, à présent, Lucien se regardait dans les miroirs, et il appre-

nait à jouir de sa jeune grâce pleine de gauche-
rie. « Je suis Rimbaud », pensait-il, le soir, en
ôtant ses vêtements avec des gestes pleins de
douceur et il commençait à croire qu'il aurait la
vie brève et tragique d'une fleur trop belle. À ces
moments-là, il lui paraissait qu'il avait connu,
très longtemps auparavant, des impressions ana-
logues et une image absurde lui revenait à l'esprit : il se revoyait tout petit, avec une longue
robe bleue et des ailes d'ange, distribuant des
fleurs dans une vente de charité. Il regardait ses
longues jambes. « Est-ce que c'est vrai que j'ai la
peau si douce ? » pensait-il avec amusement. Et
une fois il promena ses lèvres sur son avant-bras,
du poignet à la saignée du coude, le long d'une
charmante petite veine bleue.

Un jour, en entrant chez Bergère, il eut une
surprise désagréable : Berliac était là, il s'occu-
pait à détacher avec un couteau des fragments
d'une substance noirâtre qui avait l'aspect d'une
motte de terre. Les deux jeunes gens ne
s'étaient pas revus depuis dix jours : ils se ser-
rèrent la main avec froideur. « Tu vois ça, dit
Berliac, c'est du haschich. Nous allons en mettre
dans ces pipes entre deux couches de tabac
blond, ça fait un effet étonnant. Il y en a pour
toi, ajouta-t-il. — Merci, dit Lucien, je n'y tiens
pas. » Les deux autres se mirent à rire et Berliac
insista, l'œil mauvais : « Mais tu es idiot, mon
vieux, tu vas en prendre : tu ne peux pas te figu-

rer comme c'est agréable. — Je t'ai dit que non ! » dit Lucien. Berliac ne répondit plus rien, il se borna à sourire d'un air supérieur et Lucien vit que Bergère souriait aussi. Il tapa du pied et dit : « Je n'en veux pas, je ne veux pas m'esquinter, je trouve idiot de prendre de ces machins-là qui vous abrutissent. » Il avait lâché ça malgré lui, mais quand il comprit la portée de ce qu'il venait de dire et qu'il imagina ce que Bergère pouvait penser de lui, il eut envie de tuer Berliac, et les larmes lui vinrent aux yeux. « Tu es un bourgeois, dit Berliac en haussant les épaules, tu fais semblant de nager, mais tu as bien trop peur de perdre pied. — Je ne veux pas prendre l'habitude des stupéfiants, dit Lucien d'une voix plus calme ; c'est un esclavage comme un autre et je veux rester disponible. — Dis que tu as peur de t'engager », répondit violemment Berliac. Lucien allait lui donner une paire de gifles quand il entendit la voix impérieuse de Bergère. « Laisse-le, Charles, disait-il à Berliac, c'est lui qui a raison. Sa peur de s'engager c'est *aussi* du désarroi. » Ils fumèrent tous deux, étendus sur le divan, et une odeur de papier d'Arménie se répandit dans la pièce. Lucien s'était assis sur un pouf en velours rouge et les contemplait en silence. Berliac, au bout d'un moment, laissa aller sa tête en arrière et battit des paupières avec un sourire mouillé. Lucien le regardait avec rancune et se sentait humilié. Enfin Berliac se leva et quitta la pièce d'un pas hésitant : il avait gardé jusqu'au bout sur ses lèvres ce drôle de sourire endormi et voluptueux. «Donnez-moi une pipe», dit Lucien d'une voix rauque. Bergère se mit à rire. «Pas la peine, dit-il. Ne t'en fais pas pour Berliac. Tu ne sais pas ce qu'il fait en ce moment ! — Je m'en fous, dit Lucien. — Eh bien, sache tout de même qu'il vomit, dit tranquillement Bergère. C'est le seul effet que le haschich lui ait jamais produit. Le reste n'est qu'une comédie, mais je lui en fais fumer quelquefois parce qu'il veut m'épater et que ça m'amuse.» Le lendemain Berliac vint au lycée et il voulut le prendre de haut avec Lucien. «Tu montes dans les trains, dit-il, mais tu choisis soigneusement ceux qui restent en gare.» Mais il trouva à qui parler. «Tu es un bonimenteur, lui répondit Lucien, tu crois peut-être que je ne sais pas ce que tu faisais hier dans la salle de bains ? Tu dégueulais, mon vieux !» Berliac devint blême. «C'est Bergère qui te l'a dit ? — Qui veux-tu que ça soit ? — C'est bien, balbutia Berliac, mais je n'aurais pas cru que Bergère fût un type à se foutre de ses anciens copains avec les nouveaux.» Lucien était un peu inquiet : il avait promis à Bergère de ne rien répéter. «Allez, ça va ! dit-il, il ne s'est pas foutu de toi, il a simplement voulu me montrer que ça ne prenait pas.» Mais Berliac lui tourna le dos et partit sans lui serrer la main. Lucien n'était pas trop fier quand il retrouva Bergère. « Qu'est-ce que vous avez dit à Berliac ? » demanda Bergère d'un air neutre. Lucien baissa la tête sans répondre : il était accablé. Mais il sentit soudain la main de Bergère sur sa nuque : « Ça ne fait rien du tout, mon petit. De toute façon, il fallait que ça finisse : les comédiens ne m'amusent jamais longtemps. » Lucien reprit un peu de courage : il releva la tête et sourit : « Mais moi aussi je suis un comédien, dit-il en battant des paupières. — Oui, mais toi, tu es joli », répondit Bergère en l'attirant contre lui. Lucien se laissa aller ; il se sentait doux comme une fille et il avait les larmes aux yeux. Bergère l'embrassa sur les joues et lui mordilla l'oreille en l'appelant tantôt « ma belle petite canaille » et tantôt « mon petit frère », et Lucien pensait qu'il était bien agréable d'avoir un grand frère si indulgent et si compréhensif.

M. et Mme Fleurier voulurent connaître ce Bergère dont Lucien parlait tant et ils l'invitèrent à dîner. Tout le monde le trouva charmant, jusqu'à Germaine, qui n'avait jamais vu un si bel homme. M. Fleurier avait connu le général Nizan qui était l'oncle de Bergère et il en parla longuement. Aussi Mme Fleurier fut-elle trop heureuse de confier Lucien à Bergère pour les vacances de la Pentecôte. Ils allèrent à Rouen, en auto ; Lucien voulait voir la cathédrale et l'hôtel de ville, mais Bergère refusa tout net : « Ces ordures ? » demanda-t-il avec insolence. Finalement ils allèrent passer deux heures dans un bordel de la rue des Cordeliers et Bergère fut marrant : il appelait toutes les poufiasses « Mademoiselle » en donnant des coups de genou à Lucien sous la table, puis il accepta de monter avec l'une d'elles, mais revint au bout de cinq minutes : « Foutons le camp, souffla-t-il, sans quoi, ça va barder. » Ils payèrent rapidement et sortirent. Dans la rue, Bergère raconta ce qui s'était passé ; il avait profité de ce que la femme avait le dos tourné pour jeter dans le lit une pleine poignée de poil à gratter, puis il avait déclaré qu'il était impuissant et il était redescendu. Lucien avait bu deux whiskies et il était un peu parti ; il chanta l'*Artilleur de Metz* et le *De Profundis Morpionibus* ; il trouvait admirable que Bergère fût à la fois si profond et si gamin.

« Je n'ai retenu qu'une chambre, dit Bergère quand ils arrivèrent à l'hôtel, mais il y a une grande salle de bains. » Lucien ne fut pas surpris : il avait vaguement pensé pendant le voyage qu'il partagerait la chambre de Bergère mais sans jamais s'arrêter bien longtemps sur cette idée. À présent qu'il ne pouvait plus reculer, il trouvait la chose un peu désagréable, surtout parce qu'il n'avait pas les pieds propres. Il imagina, pendant qu'on montait les valises, que Bergère lui dirait : « Comme tu es sale, tu vas noircir les draps », et il lui répondrait avec insolence :

« Vous avez des idées bien bourgeoises sur la propreté. » Mais Bergère le poussa dans la salle de bains avec sa valise en lui disant : « Arrange-toi là-dedans, moi je vais me déshabiller dans la chambre. » Lucien prit un bain de pieds et un bain de siège. Il avait envie d'aller aux cabinets mais il n'osa pas et se contenta d'uriner dans le lavabo ; puis il revêtit sa chemise de nuit, mit des pantoufles que sa mère lui avait prêtées (les siennes étaient toutes trouées) et frappa : « Êtes-vous prêt ? demanda-t-il. — Oui, oui, entre. » Bergère avait enfilé une robe de chambre noire sur un pyjama bleu ciel. La chambre sentait l'eau de Cologne. « Il n'y a qu'un lit ? » demanda Lucien. Bergère ne répondit pas : il regardait Lucien avec une stupeur qui s'acheva en un formidable éclat de rire : « Mais tu es en bannière ! dit-il en riant. Qu'as-tu fait de ton bonnet de nuit ? Ah ! non, tu es trop drôle, je voudrais que tu te voies. — Voilà deux ans, dit Lucien très vexé, que je demande à ma mère de m'acheter des pyjamas. » Bergère vint vers lui : « Allez, ôte ça, dit-il d'un ton sans réplique, je vais t'en donner un des miens. Il va être un peu grand, mais ça t'ira toujours mieux que ça. » Lucien demeura cloué au milieu de la pièce, les yeux rivés sur les losanges rouges et verts de la tapisserie. Il aurait préféré retourner dans la salle de bains mais il eut peur de passer pour un imbécile et d'un mouvement sec il envoya promener sa chemise par-dessus sa tête. Il y eut un instant de silence : Bergère regardait Lucien en souriant et Lucien comprit soudain qu'il était tout nu au milieu de la chambre et qu'il portait à ses pieds les pantoufles à pompon de sa mère. Il regarda ses mains — les grandes mains de Rimbaud — il aurait voulu les plaquer contre son ventre et cacher au moins ça, mais il se reprit et les mit bravement derrière son dos. Sur les murs, entre deux rangs de losanges, il y avait de loin en loin un petit carré violet. « Ma parole, dit Bergère, il est aussi chaste qu'une pucelle : regarde-toi dans une glace, Lucien, tu as rougi jusqu'à la poitrine. Tu es pourtant mieux comme ça qu'en bannière. — Oui, dit Lucien avec effort, mais on n'a jamais l'air fin quand on est à poil. Passez-moi vite le pyjama. » Bergère lui jeta un pyjama de soie qui sentait la lavande, et ils se mirent au lit. Il y eut un lourd silence : « Ça va mal, dit Lucien ; j'ai envie de dégueuler. » Bergère ne répondit pas et Lucien eut un renvoi de whisky. « Il va coucher avec moi », se dit-il. Et les losanges de la tapisserie se mirent à tourner pendant que l'étouffante odeur d'eau de Cologne le saisissait à la gorge. « Je n'aurais pas dû accepter de faire ce voyage. » Il n'avait pas eu de chance ; vingt fois, ces derniers temps, il avait été à deux doigts de découvrir ce que Bergère voulait de lui et puis chaque fois, comme par un fait exprès, un incident était survenu qui avait détourné sa pensée. Et à présent, il était là, dans le lit de ce type, et il attendait son bon plaisir. «Je vais prendre mon oreiller et aller coucher dans la salle de bains.» Mais il n'osa pas; il pensait au regard ironique de Bergère. Il se mit à rire : «Je pense à la putain de tout à l'heure, dit-il, elle doit être en train de se gratter.» Bergère ne répondait toujours pas. Lucien le regarda du coin de l'œil : il était étendu, sur le dos, l'air innocent, les mains sous la nuque. Alors une fureur violente s'empara de Lucien, il se dressa sur un coude et lui dit : «Eh bien, qu'est-ce que vous attendez? C'est pour enfiler des perles que vous m'avez amené ici?»

Il était trop tard pour regretter sa phrase : Bergère s'était tourné vers lui et le considérait d'un œil amusé : «Voyez-moi cette petite grue avec son visage d'ange. Alors, mon bébé, je ne te l'ai pas fait dire : c'est sur moi que tu comptes pour les dérégler, tes petits sens.» Il le regarda encore un instant, leurs visages se touchaient presque, puis il prit Lucien dans ses bras et lui caressa la poitrine sous la veste du pyjama. Ça n'était pas désagréable, ça chatouillait un peu, seulement Bergère était effrayant : il avait pris un air idiot et répétait avec effort : «Tu n'as pas honte, petit cochon, tu n'as pas honte, petit cochon!» comme les disques de phono qui annoncent dans les gares le départ des trains. La main de Bergère au contraire, vive et légère, semblait une

71

personne. Elle frôlait doucement la pointe des seins de Lucien, on aurait dit la caresse de l'eau tiède quand on entre dans le bain. Lucien aurait voulu attraper cette main, l'arracher de lui et la tordre, mais Bergère aurait rigolé : voyez-moi ce puceau. La main glissa lentement le long de son ventre et s'attarda à défaire le nœud de la cordelière qui retenait son pantalon. Il la laissa faire : il était lourd et mou comme une éponge mouillée et il avait une frousse épouvantable. Bergère avait rabattu les couvertures, il avait posé la tête sur la poitrine de Lucien et il avait l'air de l'ausculter. Lucien eut coup sur coup deux renvois aigres et il eut peur de dégueuler sur les beaux cheveux argentés qui étaient si dignes. « Vous me pressez sur l'estomac », dit-il. Bergère se souleva un peu et passa une main sous les reins de Lucien ; l'autre main ne caressait plus, elle tiraillait. « Tu as de belles petites fesses », dit soudain Bergère. Lucien croyait faire un cauchemar : « Elles vous plaisent ? » demanda-t-il avec coquetterie. Mais Bergère le lâcha soudain et releva la tête d'un air dépité. « Sacré petit bluffeur, dit-il rageusement, ça veut jouer les Rimbaud et voilà plus d'une heure que je m'escrime sur lui sans parvenir à l'exciter. » Des larmes d'énervement montèrent aux yeux de Lucien, et il repoussa Bergère de toutes ses forces : « Ça n'est pas ma faute, dit-il d'une voix sifflante, vous m'avez fait trop boire, j'ai envie de dégueuler. — Eh bien, va! va! dit Bergère, et prends ton temps. » Il ajouta entre ses dents : « Charmante soirée. » Lucien remonta son pantalon, enfila la robe de chambre noire et sortit. Quand il eut refermé la porte des cabinets, il se sentit si seul et si désemparé qu'il éclata en sanglots. Il n'y avait pas de mouchoirs dans les poches de la robe de chambre et il s'essuya les yeux et le nez avec le papier hygiénique. Il eut beau se mettre deux doigts dans le gosier, il n'arriva pas à vomir. Alors il fit machinalement tomber son pantalon et s'assit sur le trône en grelottant. « Le salaud, pensait-il, le salaud! » Il était atrocement humilié mais il ne savait pas s'il avait honte d'avoir subi les caresses de Bergère ou de n'avoir pas été troublé. Le couloir craquait de l'autre côté de la porte et Lucien sursautait à chaque craquement mais il ne pouvait se décider à rentrer dans la chambre : « Il faut pourtant que j'y aille, pensait-il, il le faut, sans quoi il se foutra de moi — avec Berliac! » et il se levait à demi, mais aussitôt il revoyait le visage de Bergère et son air bête, il l'entendait dire : « Tu n'as pas honte, petit cochon! » Il retombait sur le siège, désespéré! Au bout d'un moment, il fut pris d'une violente diarrhée qui le soulagea un peu : « Ça s'en va par le bas, pensa-t-il, j'aime mieux ça. » De fait, il n'avait plus envie de vomir. « Il va me faire mal », pensa-t-il brusquement, et il crut qu'il allait s'évanouir. Lucien finit par avoir si froid qu'il se mit à claquer des dents : il pensa qu'il allait tomber malade et se leva brusquement. Quand il rentra, Bergère le regarda d'un air contraint; il fumait une cigarette, son pyjama était ouvert et on voyait son torse maigre. Lucien ôta lentement ses pantoufles et sa robe de chambre, et se glissa sans mot dire sous la couverture. « Ça va ? » demanda Bergère. Lucien haussa les épaules : « J'ai froid ! — Tu veux que je te réchauffe ? — Essayez toujours », dit Lucien. À l'instant il se sentit écrasé par un poids énorme. Une bouche tiède et molle se colla contre la sienne, on aurait dit un bifteck cru. Lucien ne comprenait plus rien, il ne savait plus où il était et il étouffait à demi, mais il était content parce qu'il avait chaud. Il pensa à Mme Besse qui lui appuyait sa main sur le ventre en l'appelant « ma petite poupée », et à Hébrard qui l'appelait « grande asperche », et aux tubs qu'il prenait le matin en s'imaginant que M. Bouffardier allait rentrer pour lui donner un lavement, et il se dit : « Je suis sa petite poupée ! » À ce moment, Bergère poussa un cri de triomphe. « Enfin ! dit-il, tu te décides. Allons, ajouta-t-il en soufflant, on fera quelque chose de toi. » Lucien tint à ôter lui-même son pyjama.

Le lendemain, ils se réveillèrent à midi. Le garçon leur porta leur petit déjeuner au lit, et Lucien trouva qu'il avait l'air rogue. « Il me prend pour une lope », pensa-t-il avec un frisson de désagrément. Bergère fut très gentil, il s'habilla le premier et alla fumer une cigarette sur la place du Vieux-Marché pendant que Lucien prenait son bain. «Ce qu'il y a, pensa Lucien en se frottant soigneusement au gant de crin, c'est que c'est ennuyeux.» Le premier moment de terreur passé, et quand il s'était aperçu que ça n'était pas si douloureux qu'il croyait, il avait sombré dans un morne ennui. Il espérait toujours que c'était fini et qu'il allait pouvoir dormir, mais Bergère ne l'avait pas laissé tranquille avant quatre heures du matin. « Il faudra tout de même que je finisse mon problème de trigo », se dit-il. Et il s'efforça de ne plus penser qu'à son travail. La journée fut longue. Bergère lui raconta la vie de Lautréamont, mais Lucien ne l'écouta pas très attentivement ; Bergère l'agaçait un peu. Le soir, ils couchèrent à Caudebec et naturellement Bergère embêta Lucien pendant un bon moment, mais, vers une heure du matin, Lucien lui dit tout net qu'il avait sommeil et Bergère sans se fâcher lui ficha la paix. Ils rentrèrent à Paris vers la fin de l'après-midi. Somme toute Lucien n'était pas mécontent de lui-même.

Ses parents l'accueillirent à bras ouverts : «As-tu bien remercié M. Bergère au moins?» demanda sa mère. Il resta un moment à bavarder avec eux sur la campagne normande et se coucha de bonne heure. Il dormit comme un ange, mais le lendemain, à son réveil, il lui sembla qu'il grelottait en dedans. Il se leva et se contempla longtemps dans la glace. « Je suis un pédéraste », se dit-il. Et il s'effondra. « Lève-toi, Lucien, cria sa mère à travers la porte, tu vas au lycée ce matin. — Oui, maman », répondit Lucien avec docilité, mais il se laissa tomber sur son lit et se mit à regarder ses orteils. « C'est trop injuste, je ne me rendais pas compte, moi, je n'ai pas d'expérience. » Ces orteils, un homme les avait sucés l'un après l'autre. Lucien détourna la tête avec violence : « Il savait, lui. Ce qu'il m'a fait faire porte un nom, ça s'appelle coucher avec un homme et il le savait. » C'était marrant — Lucien sourit avec amertume —, on pouvait, pendant des journées entières, se demander : suis-je intelligent, est-ce que je me gobe, on n'arrivait jamais à décider. Et à côté de ça, il y avait des étiquettes qui s'accrochaient à vous un beau matin et il fallait les porter toute sa vie : par exemple, Lucien était grand et blond, il ressemblait à son père, il était fils unique et, depuis hier, il était pédéraste. On dirait de lui : « Fleurier, vous savez bien, ce grand blond qui aime les hommes ? » Et les gens répondraient : « Ah ! oui. La grande tantouse ? Très bien, je sais qui c'est. »

Il s'habilla et sortit mais il n'eut pas le cœur d'aller au lycée. Il descendit l'avenue de Lamballe jusqu'à la Seine et suivit les quais. Le ciel était pur, les rues sentaient la feuille verte, le goudron et le tabac anglais. Un temps rêvé pour porter des vêtements propres sur un corps bien lavé avec une âme toute neuve. Les gens avaient tous un air moral : Lucien, seul, se sentait louche et insolite dans ce printemps. « C'est la pente fatale, songeait-il, j'ai commencé par le complexe d'Œdipe, après ça je suis devenu sadico-anal et maintenant, c'est le bouquet, je suis pédéraste ; où est-ce que je vais m'arrêter ? » Évidemment, son cas n'était pas encore très grave ; il n'avait pas eu grand plaisir aux caresses de Bergère. « Mais si j'en prends l'habitude ? pensat-il avec angoisse. Je ne pourrai plus m'en passer, ça sera comme la morphine ! » Il deviendrait un homme taré, personne ne voudrait plus le recevoir, les ouvriers de son père rigoleraient quand il leur donnerait un ordre. Lucien imagina avec complaisance son épouvantable destin. Il se voyait à trente-cinq ans, mignard et fardé, et déjà un monsieur à moustache avec la Légion d'honneur, levait sa canne d'un air terrible. « Votre présence ici, monsieur, est une insulte pour mes filles. » Lorsque soudain, il chancela et cessa brusquement de jouer : il venait de se rappeler une phrase de Bergère. C'était à Caudebec pendant la nuit. Bergère avait dit : « Eh mais dis donc ! tu y prends goût ! » Qu'avait-il voulu dire ? Naturellement, Lucien n'était pas de bois et à force d'être tripoté... « Ça ne prouve rien », se dit-il avec inquiétude. Mais on prétendait que ces gens-là étaient extraordinaires pour repérer leurs pareils, c'était comme un sixième sens. Lucien regarda longuement un sergent de ville qui réglait la circulation devant le pont d'Iéna. « Est-ce que cet agent pourrait m'exciter ? » Il fixait le pantalon bleu de l'agent, il imaginait des cuisses musculeuses et velues : « Est-ce que ça me fait quelque chose ? » Il repartit très soulagé. « Ça n'est pas si grave, pensa-t-il, je peux encore me sauver. Il a abusé de mon désarroi, mais je ne suis pas *vraiment* pédéraste. » Il recommença l'expérience avec tous les hommes qui le croisèrent et chaque fois le résultat était négatif. « Ouf ! pensa-t-il, eh bien, j'ai eu chaud ! » C'était un avertissement, voilà tout. Il ne fallait plus recommencer, parce qu'une mauvaise habitude est vite prise et puis il fallait de toute urgence qu'il se guérît de ses complexes. Il résolut de se faire psychanalyser par un spécialiste sans le dire à ses parents. Ensuite, il prendrait une maîtresse et deviendrait un homme comme les autres.

Lucien commençait à se rassurer lorsqu'il pensa tout à coup à Bergère : à ce moment même, Bergère existait quelque part dans Paris, enchanté de lui-même et la tête pleine de souvenirs : « Il sait comment je suis fait, il connaît ma bouche, il m'a dit : "Tu as une odeur que je n'oublierai pas" ; il ira se vanter à ses amis, en disant : "Je l'ai eu" comme si j'étais une gonzesse. À l'instant même, il est peut-être en train de raconter ses nuits à... — le cœur de Lucien cessa de battre — à Berliac ! S'il fait ça, je le tue : Berliac me déteste, il le racontera à toute la classe, je suis un type coulé, les copains refuseront de me serrer la main. Je dirai que ça n'est pas vrai, se dit Lucien avec égarement, je porterai plainte, je dirai qu'il m'a violé ! » Lucien haïssait Bergère de toutes ses forces : sans lui, sans cette conscience scandaleuse et irrémédiable, tout aurait pu s'arranger, personne n'aurait rien su et Lucien lui-même aurait fini par oublier. « S'il pouvait mourir subitement ! Mon Dieu, je vous en prie, faites qu'il soit mort cette nuit avant d'avoir rien dit à personne. Mon Dieu, faites que cette histoire soit enterrée, vous ne pouvez pas vouloir que je devienne un pédéraste ! En tout cas, il me tient ! pensa Lucien avec rage. Il va falloir que je retourne chez lui et que je fasse tout ce qu'il veut et que je lui dise que j'aime ça, sinon je suis perdu ! » Il fit encore quelques pas et ajouta, par mesure de précaution : « Mon Dieu, faites que Berliac meure aussi. »

Lucien ne put prendre sur lui de retourner chez Bergère. Pendant les semaines qui suivirent, il croyait le rencontrer à chaque pas et, quand il travaillait dans sa chambre, il sursautait

aux coups de sonnette ; la nuit, il avait des cau-
chemars épouvantables : Bergère le prenait de
force au milieu de la cour du lycée Saint-Louis,
tous les pistons étaient là et ils regardaient en
rigolant. Mais Bergère ne fit aucune tentative
pour le revoir et ne donna pas signe de vie. « Il
n'en voulait qu'à ma peau », pensa Lucien, vexé.
Berliac avait disparu, lui aussi et Guigard, qui
allait parfois aux courses avec lui le dimanche,
affirmait qu'il avait quitté Paris à la suite d'une
crise de dépression nerveuse. Lucien se calma
peu à peu : son voyage à Rouen lui faisait l'effet
d'un rêve obscur et grotesque qui ne se ratta-
chait à rien ; il en avait oublié presque tous les
détails, il gardait seulement l'impression d'une
morne odeur de chair et d'eau de Cologne et
d'un intolérable ennui. M. Fleurier demanda
plusieurs fois ce que devenait l'ami Bergère : « Il
faudra que nous l'invitions à Férolles pour le
remercier. — Il est parti pour New York », finit
par répondre Lucien. Il alla plusieurs fois cano-
ter sur la Marne avec Guigard et sa sœur, et
Guigard lui apprit à danser. « Je me réveille, pensait-il, je renais. » Mais il sentait encore assez souvent quelque chose qui pesait sur son dos
comme une besace : c'étaient ses complexes ; il
se demanda s'il ne devrait pas aller trouver
Freud à Vienne : « Je partirai sans argent, à pied
s'il le faut, je lui dirai : je n'ai pas le sou mais je
suis un cas. » Par un chaud après-midi de juin, il

rencontra, sur le boulevard Saint-Michel, le Babouin, son ancien prof de philo. «Alors, Fleurier, dit le Babouin, vous préparez Centrale? — Oui, monsieur, dit Lucien. — Vous auriez pu, dit le Babouin, vous orienter vers les études littéraires. Vous étiez bon en philosophie. — Je n'ai pas abandonné la philo, dit Lucien. J'ai fait des lectures cette année. Freud, par exemple. À propos, ajouta-t-il, pris d'une inspiration, je voulais vous demander, monsieur, que pensez-vous de la psychanalyse?» Le Babouin se mit à rire : «C'est une mode, dit-il, qui passera. Ce qu'il y a de meilleur chez Freud, vous le trouvez déjà chez Platon. Pour le reste, ajouta-t-il d'un ton sans réplique, je vous dirai que je ne coupe pas dans ces fariboles. Vous feriez mieux de lire Spinoza.» Lucien se sentit délivré d'un fardeau énorme et il rentra chez lui à pied, en sifflotant : «C'était un cauchemar, pensa-t-il, mais il n'en reste plus rien!» Le soleil était dur et chaud ce jour-là, mais Lucien leva la tête et le fixa sans cligner des yeux : c'était le soleil de tout le monde et Lucien avait le droit de le regarder en face ; il était sauvé! «Des fariboles! pensait-il, c'étaient des fariboles! Ils ont essayé de me détraquer, mais ils ne m'ont pas eu.» En fait, il n'avait cessé de résister : Bergère l'avait emberlificoté dans ses raisonnements, mais Lucien avait bien senti par exemple, que la pédérastie de Rimbaud était une tare, et, quand cette petite crevette de Berliac avait voulu lui faire fumer du haschich, Lucien l'avait proprement envoyé promener : « J'ai failli me perdre, pensa-t-il, mais ce qui m'a protégé c'est ma santé morale ! » Le soir, au dîner, il regarda son père avec sympathie. M. Fleurier était carré d'épaules, il avait les gestes lourds et lents d'un paysan, avec quelque chose de racé et les yeux gris, métalliques et froids d'un chef. « Je lui ressemble », pensa Lucien. Il se rappela que les Fleurier, de père en fils, étaient chefs d'industrie depuis quatre générations : « On a beau dire, la famille ça existe ! » Et il pensa avec orgueil à la santé morale des Fleurier.

Lucien ne se présenta pas, cette année-là, au concours de l'École centrale, et les Fleurier partirent très tôt pour Férolles. Il fut enchanté de retrouver la maison, le jardin, l'usine, la petite ville calme et équilibrée. C'était un autre monde : il décida de se lever de bon matin pour faire de grandes promenades dans la région. « Je veux, dit-il à son père, m'emplir les poumons d'air pur et faire provision de santé pour l'an prochain, avant le grand coup de collier. » Il accompagna sa mère chez les Bouffardier et chez les Besse et tout le monde trouva qu'il était devenu un grand garçon raisonnable et posé. Hébrard et Winckelmann qui suivaient des cours de droit à Paris étaient revenus à Férolles pour les vacances. Lucien sortit plusieurs fois avec eux et ils parlèrent des farces qu'ils faisaient à l'abbé Jacquemart, de leurs bonnes balades en vélo et chantèrent l'*Artilleur de Metz* à trois voix. Lucien appréciait vivement la franchise rude et la solidité de ses anciens camarades, et il se reprocha de les avoir négligés. Il avoua à Hébrard qu'il n'aimait guère Paris, mais Hébrard ne pouvait pas le comprendre : ses parents l'avaient confié à un abbé et il était très tenu ; il restait encore ébloui de ses visites au musée du Louvre et de la soirée qu'il avait passée à l'Opéra. Lucien fut attendri par cette simplicité ; il se sentait le frère aîné d'Hébrard et de Winckelmann et il commença à se dire qu'il ne regrettait pas d'avoir eu une vie si tourmentée : il y avait gagné de l'expérience. Il leur parla de Freud et de la psychanalyse, et s'amusa un peu à les scandaliser. Ils critiquèrent violemment la théorie des complexes mais leurs objections étaient naïves et Lucien le leur montra, puis il ajouta qu'en se plaçant à un point de vue philosophique on pouvait aisément réfuter les erreurs de Freud. Ils l'admirèrent beaucoup, mais Lucien fit semblant de ne pas s'en apercevoir.

M. Fleurier expliqua à Lucien le mécanisme de l'usine. Il l'emmena visiter les bâtiments centraux et Lucien observa longuement le travail des ouvriers. «Si je mourais, dit M. Fleurier, il faudrait que tu puisses prendre du jour au len-

demain toutes les commandes de l'usine. »
Lucien le gronda et lui dit : « Mon vieux papa,
veux-tu bien ne pas parler de cela ! » Mais il fut
grave plusieurs jours de suite en pensant aux responsabilités qui lui incomberaient tôt ou tard.
Ils eurent de longues conversations sur les
devoirs du patron et M. Fleurier lui montra que
la propriété n'était pas un droit mais un devoir :
« Qu'est-ce qu'ils viennent nous embêter avec
leur lutte de classes, dit-il, comme si les intérêts
des patrons et des ouvriers étaient opposés !
Prends mon cas, Lucien. Je suis un petit patron,
ce qu'on appelle un margoulin dans l'argot pari-
sien. Eh bien, je fais vivre cent ouvriers avec leur
famille. Si je fais de bonnes affaires, ils sont les
premiers à en profiter. Mais si je suis obligé de
fermer l'usine, les voilà sur le pavé. *Je n'ai pas le
droit*, dit-il avec force, de faire de mauvaises
affaires. Voilà ce que j'appelle, moi, la solidarité
des classes. »

Pendant plus de trois semaines, tout alla bien ;
il ne pensait presque plus jamais à Bergère ; il lui
avait pardonné ; il espérait simplement ne plus
le revoir de sa vie. Quelquefois, quand il chan-
geait de chemise, il s'approchait de la glace et
s'y regardait avec étonnement : « Un homme a
désiré ce corps », pensait-il. Il promenait lentement les mains sur ses jambes et pensait : « Un
homme a été troublé par ces jambes. » Il touchait ses reins et regrettait de ne pas être un

autre pour pouvoir se caresser à sa propre chair comme à une étoffe de soie. Il lui arrivait parfois de regretter ses complexes : ils étaient solides, ils pesaient lourd, leur énorme masse sombre le lestait. À présent, c'était fini, Lucien n'y croyait plus et il se sentait d'une légèreté pénible. Ça n'était pas tellement désagréable, d'ailleurs, c'était plutôt une sorte de désenchantement très supportable, un peu écœurant, qui pouvait, à la rigueur, passer pour de l'ennui. «Je ne suis rien, pensait-il, mais c'est parce que rien ne m'a sali. Berliac, lui, est salement engagé. Je peux bien supporter un peu d'incertitude : c'est la rançon de la pureté. »

Au cours d'une promenade, il s'assit sur un talus et pensa : «J'ai dormi six ans et puis, un beau jour, je suis sorti de mon cocon. » Il était tout animé et regarda le paysage d'un air affable. «Je suis fait pour l'action ! » se dit-il. Mais à l'instant ses pensées de gloire tournèrent au fade. Il dit à mi-voix : «Qu'ils attendent un peu et ils verront ce que je vaux. » Il avait parlé avec force, mais les mots roulèrent hors de lui comme des coquilles vides. «Qu'est-ce que j'ai ? » Cette drôle d'inquiétude il ne *voulait* pas la reconnaître, elle lui avait fait trop de mal, autrefois. Il pensa : «C'est ce silence... ce pays... » Pas un être vivant, sauf des grillons qui traînaient péniblement dans la poussière leurs abdomens jaune et noir. Lucien détestait les grillons parce qu'ils avaient toujours l'air à moitié crevés. De l'autre côté de la route, une lande grisâtre, accablée, crevassée se laissait glisser jusqu'à la rivière. Personne ne voyait Lucien, personne ne l'entendait ; il sauta sur ses pieds et il eut l'impression que ses mouvements ne rencontraient aucune résistance, pas même celle de la pesanteur. À présent il était debout, sous un rideau de nuages gris ; c'était comme s'il existait dans le vide. « Ce silence... », pensa-t-il. C'était plus que du silence, c'était du néant. Autour de Lucien, la campagne était extraordinairement tranquille et molle, inhumaine : il semblait qu'elle se faisait toute petite et retenait son souffle pour ne pas le déranger. « Quand l'artilleur de Metz revint en garnison... » Le son s'éteignit sur ses lèvres comme une flamme dans le vide : Lucien était seul, sans ombre, sans écho, au milieu de cette nature trop discrète, qui ne pesait pas. Il se secoua et tenta de reprendre le fil de ses pensées. « Je suis fait pour l'action. D'abord j'ai du ressort : je peux faire des sottises, mais ça ne va pas loin parce que je me reprends. » Il pensa : « J'ai de la santé morale. » Mais il s'arrêta en faisant une grimace de dégoût, tant ça lui paraissait absurde de parler de « santé morale » sur cette route blanche que traversaient des bêtes agonisantes. De colère, Lucien marcha sur un grillon ; il sentit sous sa semelle une petite boulette élastique, et, quand il leva le pied, le grillon vivait encore : Lucien lui cracha dessus. «Je suis perplexe. Je suis perplexe. C'est comme l'an dernier.» Il se mit à penser à Winckelmann qui l'appelait «l'as des as», à M. Fleurier qui le traitait en homme, à Mme Besse qui lui avait dit : «C'est ce grand garçon-là que j'appelais ma petite poupée, je n'oserais plus le tutoyer à présent, il m'intimide.» Mais ils étaient loin, très loin, et il lui sembla que le vrai Lucien était perdu, il n'y avait qu'une larve blanche et perplexe. «Qu'est-ce que je suis?» Des kilomètres et des kilomètres de lande, un sol plat et gercé, sans herbes, sans odeurs et puis, tout d'un coup, sortant droite de cette croûte grise, l'asperge, tellement insolite qu'il n'y avait même pas d'ombre derrière elle. «Qu'est-ce que je suis?» La question n'avait pas changé depuis les vacances précédentes, on aurait dit qu'elle attendait Lucien à l'endroit même où il l'avait laissée; ou plutôt ça n'était pas une question, c'était un état. Lucien haussa les épaules. «Je suis trop scrupuleux, pensa-t-il, je m'analyse trop.»

Les jours suivants, il s'efforça de ne plus s'analyser : il aurait voulu se fasciner sur les choses, il contemplait longuement les coquetiers, les ronds de serviette, les arbres, les devantures; il flatta beaucoup sa mère en lui demandant si elle voulait bien lui montrer son argenterie. Mais pendant qu'il regardait l'argenterie, il pensait qu'il regardait l'argenterie et, derrière son regard, un petit brouillard vivant palpitait. Et Lucien avait beau s'absorber dans une conversation avec M. Fleurier, ce brouillard abondant et ténu, dont l'inconsistance opaque ressemblait faussement à de la lumière, se glissait *derrière* l'attention qu'il prêtait aux paroles de son père : ce brouillard, c'était lui-même. De temps à autre, agacé, Lucien cessait d'écouter, il se retournait, essayait d'attraper le brouillard et de le regarder en face : il ne rencontrait que le vide, le brouillard était encore *derrière*.

Germaine vint trouver Mme Fleurier, en larmes : son frère avait une broncho-pneumonie. « Ma pauvre Germaine, dit Mme Fleurier, vous qui disiez toujours qu'il était si solide ! » Elle lui accorda un mois de vacances et fit venir, pour la remplacer, la fille d'un ouvrier de l'usine, la petite Berthe Mozelle, qui avait dix-sept ans. Elle était petite avec des nattes blondes enroulées autour de la tête ; elle boitait légèrement. Comme elle venait de Concarneau, Mme Fleurier la pria de porter une coiffe de dentelles : « ça sera plus gentil ». Dès les premiers jours, ses grands yeux bleus, chaque fois qu'elle rencontrait Lucien, reflétaient une admiration humble et passionnée, et Lucien comprit qu'elle l'adorait. Il lui parla familièrement et lui demanda plusieurs fois : « Est-ce que vous vous plaisez chez nous ? » Dans les couloirs il s'amusait à la frôler pour voir si ça lui faisait de l'effet. Mais elle l'attendrissait et il puisa dans cet amour un précieux réconfort ; il pensait souvent avec une pointe d'émotion à l'image que Berthe devait se faire de lui. « Par le fait je ne ressemble guère aux jeunes ouvriers qu'elle fréquente. » Il fit entrer Winckelmann à l'office sous un prétexte et Winckelmann trouva qu'elle était bien roulée : « Tu es un petit veinard, conclut-il, à ta place je me l'enverrais. » Mais Lucien hésitait ; elle sentait la sueur, et sa chemisette noire était rongée sous les bras. Par un pluvieux après-midi de septembre, Mme Fleurier se fit conduire à Paris en auto, et Lucien resta seul dans sa chambre. Il se coucha sur son lit et se mit à bâiller. Il lui semblait être un nuage capricieux et fugace, toujours le même et toujours autre, toujours en train de se diluer dans les airs par les bords. « Je me demande pourquoi j'existe ? » Il était là, il digérait, il bâillait, il entendait la pluie qui tapait contre les vitres, il y avait cette brume blanche qui s'effilochait dans sa tête : et puis après ? Son existence était un scandale et les responsabilités qu'il assumerait plus tard suffiraient à peine à la justifier. « Après tout, je n'ai pas demandé à naître », se dit-il. Et il eut un mouvement de pitié pour lui-même. Il se rappela ses inquiétudes d'enfant, sa longue somnolence, et elles lui apparurent sous un jour neuf : au fond, il n'avait cessé d'être embarrassé de sa vie, de ce cadeau volumineux et inutile, et il l'avait portée dans ses bras sans savoir qu'en faire ni où la déposer. « J'ai passé mon temps à regretter d'être né. » Mais il était trop déprimé pour pousser plus loin ses pensées : il se leva, alluma une cigarette et descendit à la cuisine pour demander à Berthe de faire un peu de thé.

Elle ne le vit pas entrer. Il lui toucha l'épaule, et elle sursauta violemment. « Je vous ai fait peur ? » demanda-t-il. Elle le regardait d'un air épouvanté en s'appuyant des deux mains à la table et sa poitrine se soulevait ; au bout d'un moment, elle sourit et dit : « Ça m'a fait un coup, je ne croyais pas qu'il y avait personne. » Lucien lui rendit son sourire avec indulgence et lui dit : « Vous seriez bien gentille de me préparer un peu de thé. — Tout de suite, monsieur Lucien », répondit la petite, et elle s'enfuit vers son fourneau : la présence de Lucien semblait lui être pénible. Lucien demeurait sur le pas de la porte, incertain. « Eh bien, demanda-t-il paternellement, est-ce que vous vous plaisez chez nous ? » Berthe lui tournait le dos et remplissait une casserole au robinet. Le bruit de l'eau couvrit sa réponse. Lucien attendit un moment et, quand elle eut posé la casserole sur le fourneau à gaz, il reprit : « Avez-vous déjà fumé — Des fois », répondit la petite avec méfiance. Il ouvrit son paquet de Craven et le lui tendit. Il n'était pas trop content : il lui semblait qu'il se compromettait, il n'aurait pas dû la faire fumer. «Vous voulez... que je fume? dit-elle surprise. — Pourquoi pas? — Madame va me disputer.» Lucien eut une impression désagréable de complicité. Il se mit à rire et dit : «Nous ne lui dirons pas.» Berthe rougit, prit une cigarette du bout des doigts et la planta dans sa bouche. «Dois-je lui offrir du feu? Ce serait incorrect.» Il lui dit : «Eh bien, vous ne l'allumez pas?» Elle l'agaçait, elle restait là, les bras raides, rouge et docile, les lèvres en cul de poule autour de la cigarette; on aurait dit qu'elle s'était enfoncé un thermomètre dans la bouche. Elle finit par prendre une allumette soufrée dans une boîte de fer-blanc, la gratta, fuma quelques bouffées en clignant des yeux et dit : «C'est doux», puis elle sortit précipitamment la cigarette de sa bouche et la serra gauchement entre les cinq doigts. «C'est une victime-née», pensa Lucien. Pourtant, elle se dégela un peu quand il lui demanda si elle aimait sa Bretagne, elle lui décrivit les différentes sortes de coiffes bretonnes et même elle chanta d'une voix douce et fausse une chanson de Rosporden. Lucien la taquina gentiment mais elle ne comprenait pas la plaisanterie et le regardait d'un air effaré : à ces moments-là elle ressemblait à un lapin. Il s'était assis sur un escabeau et se sentait tout à fait à l'aise : «Asseyez-vous donc», lui dit-il. «Oh! non, monsieur Lucien, pas devant monsieur Lucien.» Il la prit

91

par les aisselles et l'attira sur ses genoux : « Et comme ça ? » lui demanda-t-il. Elle se laissa faire en murmurant : « Sur vos genoux ! » d'un air d'extase et de reproche avec un drôle d'accent, et Lucien pensa avec ennui : « Je m'engage trop, je n'aurais jamais dû aller si loin. » Il se tut : elle restait sur ses genoux, toute chaude, bien tranquille, mais Lucien sentait son cœur battre. « Elle est ma chose, pensa-t-il, je peux en faire tout ce que je veux. » Il la lâcha, prit la théière et remonta dans sa chambre : Berthe ne fit pas un geste pour le retenir. Avant de boire son thé, Lucien se lava les mains avec le savon parfumé de sa mère, parce qu'elles sentaient les aisselles.

« Est-ce que je vais coucher avec elle ? » Lucien fut très absorbé, les jours suivants, par ce petit problème ; Berthe se mettait tout le temps sur son passage et le regardait avec de grands yeux tristes d'épagneul. La morale l'emporta : Lucien comprit qu'il risquait de la rendre enceinte parce qu'il n'avait pas assez d'expérience (impossible d'acheter des préservatifs à Férolles, il était trop connu) et qu'il attirerait de gros ennuis à M. Fleurier. Il se dit aussi qu'il aurait, plus tard, moins d'autorité dans l'usine si la fille d'un de ses ouvriers pouvait se vanter d'avoir couché avec lui. « Je n'ai pas le droit de la toucher. » Il évita de se trouver seul avec Berthe pendant les derniers jours de septembre. « Alors, lui dit Winckelmann, qu'est-ce que tu

attends ? — Je ne marche pas, répondit sèchement Lucien, j'aime pas les amours ancillaires. »
Winckelmann, qui entendait parler d'amours
ancillaires pour la première fois, émit un léger
sifflement et se tut.

Lucien était très satisfait de lui-même : il
s'était conduit comme un chic type et cela
rachetait bien des erreurs. « Elle était à cueillir »,
se disait-il avec un peu de regret. Mais à la
réflexion il pensa : « C'est comme si je l'avais
eue : elle s'est offerte et je n'en ai pas voulu. »
Et il considéra désormais qu'il n'était plus
vierge. Ces légères satisfactions l'occupèrent
quelques jours puis elles fondirent en brume
elles aussi. À la rentrée d'octobre, il se sentait
aussi morne qu'au début de la précédente
année scolaire.

Berliac n'était pas revenu et personne n'avait
de ses nouvelles. Lucien remarqua plusieurs
visages inconnus : son voisin de droite qui s'appelait Lemordant avait fait une année de mathématiques spéciales à Poitiers. Il était encore plus
grand que Lucien et, avec sa moustache noire,
avait déjà l'allure d'un homme. Lucien retrouva
sans plaisir ses camarades, ils lui semblèrent pué-
rils et innocemment bruyants : des séminaristes.
Il s'associait encore à leurs manifestations col-
lectives mais avec nonchalance, comme le lui
permettait d'ailleurs sa qualité de « carré ».
Lemordant l'aurait attiré davantage parce qu'il

était mûr ; mais il ne paraissait pas avoir acquis, comme Lucien, cette maturité à travers de multiples et pénibles expériences : c'était un adulte de naissance. Lucien contemplait souvent avec une pleine satisfaction cette tête volumineuse et pensive, sans cou, plantée de biais dans les épaules : il semblait impossible d'y faire rien entrer, ni par les oreilles, ni par ses petits yeux chinois, roses et vitreux : « C'est un type qui a des convictions », pensait Lucien avec respect ; et il se demandait non sans jalousie quelle pouvait être cette certitude qui donnait à Lemordant une si pleine conscience de soi. « Voilà comme je devrais être : un roc. » Il était tout de même un peu surpris que Lemordant fût accessible aux raisons mathématiques ; mais M. Husson le rassura quand il rendit les premiers devoirs : Lucien était septième et Lemordant avait obtenu la note cinq et le soixante-dix-huitième rang ; tout était dans l'ordre. Lemordant ne s'émut pas ; il semblait s'attendre au pis et sa bouche minuscule, ses grosses joues jaunes et lisses n'étaient pas faites pour exprimer des sentiments ; c'était un Bouddha. On ne le vit en colère qu'une fois, ce jour où Loewy l'avait bousculé dans le vestiaire. Il émit d'abord une dizaine de petits grognements aigus, en battant des paupières : « En Pologne ! dit-il enfin, en Pologne ! sale Youpin et ne viens pas nous emmerder chez nous. » Il dominait Loewy de toute sa taille, et son buste massif vacillait sur ses longues jambes. Il finit par lui donner une paire de gifles et le petit Loewy fit des excuses : l'affaire en resta là.

Le jeudi, Lucien sortait avec Guigard qui l'emmenait danser chez les amies de sa sœur. Mais Guigard finit par avouer que ces sauteries l'ennuyaient. «J'ai une amie, lui confia-t-il, elle est première chez Plisnier, rue Royale. Justement elle a une copine qui n'a personne : tu devrais venir avec nous samedi soir.» Lucien fit une scène à ses parents et obtint la permission de sortir tous les samedis ; on lui laisserait la clef sous le paillasson. Il rejoignit Guigard vers neuf heures dans un bar de la rue Saint-Honoré. «Tu verras, dit Guigard, Fanny est charmante et puis ce qu'elle a de bien, c'est qu'elle sait s'habiller. — Et la mienne ? — Je ne la connais pas ; je sais qu'elle est petite main et qu'elle vient d'arriver à Paris, elle est d'Angoulême. À propos, ajouta-t-il, ne fais pas de gaffe. Je suis Pierre Daurat. Toi, comme tu es blond, j'ai dit que tu avais du sang anglais, c'est mieux. Tu t'appelles Lucien Bonnières. — Mais pourquoi ? demanda Lucien intrigué. — Mon vieux, répondit Guigard, c'est un principe. Tu peux faire ce que tu veux avec ces femmes-là, mais il ne faut jamais dire ton nom. — Bon, bon ! dit Lucien et qu'est-ce que je fais, dans la vie ? — Tu peux dire que tu es étudiant, ça vaut mieux, tu comprends, ça les

flatte et puis tu n'es pas obligé de les sortir coû-
teusement. Pour les frais, on partage, naturellement ; mais, ce soir, tu me laisseras payer, j'ai
l'habitude : je te dirai lundi ce que tu me dois. »
Lucien pensa tout de suite que Guigard cherchait à faire de petits bénéfices : « Ce que je suis
devenu méfiant ! » pensa-t-il avec amusement.
Fanny entra presque aussitôt : c'était une grande
fille brune et maigre, avec de longues cuisses et
un visage très fardé. Lucien la trouva intimi-
dante. « Voilà Bonnières, dont je t'ai parlé, dit
Guigard. — Enchantée, dit Fanny d'un air
myope. Voilà Maud, ma petite amie. » Lucien vit
une petite bonne femme sans âge coiffée d'un
pot de fleurs renversé. Elle n'était pas fardée et
paraissait grisâtre auprès de l'éclatante Fanny.
Lucien fut amèrement déçu, mais il s'aperçut
qu'elle avait une jolie bouche — et puis, avec
elle, il n'aurait pas besoin de faire d'embarras.
Guigard avait pris soin de régler les bocks à
l'avance, de sorte qu'il put profiter du brouhaha
de l'arrivée pour pousser gaiement les deux
jeunes filles vers la porte, sans leur laisser le
temps de consommer. Lucien lui en sut gré :
M. Fleurier ne lui donnait que cent vingt-cinq
francs par semaine et, avec cet argent, il fallait
encore qu'il payât ses communications. La soirée fut très amusante ; ils allèrent danser au
Quartier latin, dans une petite salle chaude et
rose avec des coins d'ombre et où le cocktail

coûtait cent sous. Il y avait beaucoup d'étudiants avec des femmes dans le genre de Fanny mais moins bien. Fanny fut superbe : elle regarda dans les yeux un gros barbu qui fumait la pipe et elle dit très haut : «J'ai horreur des gens qui fument la pipe au dancing. » Le type devint cramoisi et remit sa pipe tout allumée dans sa poche. Elle traitait Guigard et Lucien avec un peu de condescendance et leur dit plusieurs fois : « Vous êtes de sales gosses », d'un air maternel et gentil. Lucien se sentait plein d'aisance et tout sucre ; il dit à Fanny plusieurs petites choses amusantes et il souriait en les disant. Finalement le sourire ne quitta plus son visage et il sut trouver une voix raffinée avec un rien de laisser-aller et de courtoise tendresse nuancée d'ironie. Mais Fanny lui parlait peu : elle prenait le menton de Guigard dans sa main et tirait sur les bajoues pour faire saillir la bouche ; quand les lèvres étaient toutes grosses et un peu baveuses, comme des fruits gonflés de jus ou comme des limaces, elle les léchait à petits coups en disant « Baby ». Lucien était horriblement gêné et il trouvait Guigard ridicule : Guigard avait du rouge à côté des lèvres et des traces de doigts sur les joues. Mais la tenue des autres couples était encore plus négligée : tout le monde s'embrassait ; de temps à autre la dame du vestiaire passait avec un petit panier et elle jetait des serpentins et des boules multicolores en criant :

« Olé, les enfants, amusez-vous, riez, olé, olé ! »
et tout le monde riait. Lucien finit par se rappeler l'existence de Maud et il lui dit en souriant : « Regardez ces tourtereaux. » Il désignait
Guigard et Fanny et ajouta : « Nous autres,
nobles vieillards... » Il n'acheva pas sa phrase,
mais sourit si drôlement que Maud sourit aussi.
Elle ôta son chapeau et Lucien vit avec plaisir
qu'elle était plutôt mieux que les autres femmes
du dancing ; alors il l'invita à danser et lui
raconta les chahuts qu'il faisait à ses professeurs,
l'année de son baccalauréat. Elle dansait bien,
elle avait des yeux noirs et sérieux et un air
averti. Lucien lui parla de Berthe et lui dit qu'il
avait des remords. « Mais, ajouta-t-il, cela valait
mieux pour elle. » Maud trouva l'histoire de
Berthe poétique et triste, elle demanda combien
Berthe gagnait chez les parents de Lucien. « Ça
n'est pas toujours drôle pour une jeune fille,
ajouta-t-elle, d'être en condition. » Guigard et
Fanny ne s'occupaient plus d'eux, ils se cares-
saient, et le visage de Guigard était tout mouillé.
Lucien répétait de temps en temps : « Regardez
les tourtereaux, mais regardez-les ! » et il avait sa
phrase prête. « Ils me donneraient envie d'en
faire autant. » Mais il n'osait pas la placer et se
contentait de sourire, puis il feignit que Maud
et lui fussent de vieux copains, dédaigneux de
l'amour et il l'appela « vieux frère » et fit le geste
de lui frapper sur l'épaule. Fanny tourna sou-

dain la tête et les regarda avec surprise. « Alors, dit-elle, la petite classe, qu'est-ce que vous faites ? Embrassez-vous donc, vous en mourez d'envie. » Lucien prit Maud dans ses bras ; il était un peu gêné parce que Fanny les regardait : il aurait voulu que le baiser fût long et réussi, mais il se demandait comment les gens faisaient pour respirer. Finalement, ça n'était pas si difficile qu'il pensait, il suffisait d'embrasser de biais, pour dégager les narines. Il entendait Guigard qui comptait « un, deux..., trois..., quatre... » et il lâcha Maud à cinquante-deux. « Pas mal pour un début, dit Guigard ; mais je ferai mieux. » Lucien regarda son bracelet-montre et dut compter à son tour : Guigard lâcha la bouche de Fanny à la cent cinquante-neuvième seconde. Lucien était furieux et trouvait ce concours stupide. « J'ai lâché Maud par discrétion, pensa-t-il, mais ça n'est pas malin, une fois qu'on sait respirer on peut continuer indéfiniment. » Il proposa une seconde manche et la gagna. Quand ils eurent tous fini, Maud regarda Lucien et lui dit sérieusement : « Vous embrassez bien. » Lucien rougit de plaisir. « À votre service », répondit-il en s'inclinant. Mais il aurait tout de même préféré embrasser Fanny. Ils se quittèrent vers minuit et demi à cause du dernier métro. Lucien était tout joyeux ; il sauta et dansa dans la rue Raynouard et il pensa : « L'affaire est dans le sac. » Les coins de sa bouche lui faisaient mal parce qu'il avait tant souri.

Il prit l'habitude de voir Maud le jeudi à six heures et le samedi soir. Elle se laissait embrasser mais ne voulait pas se donner à lui. Lucien se plaignit à Guigard qui le rassura : « Ne t'en fais pas, dit Guigard, Fanny est sûre qu'elle couchera ; seulement elle est jeune et elle n'a eu que deux amants ; Fanny te recommande d'être très tendre avec elle. — Tendre ? dit Lucien. Tu te rends compte ? » Ils rirent tous deux, et Guigard conclut : « Faut ce qu'il faut, mon vieux. » Lucien fut très tendre. Il embrassait beaucoup Maud et lui disait qu'il l'aimait, mais à la longue c'était un peu monotone, et puis il n'était pas très fier de sortir avec elle : il aurait aimé lui donner des conseils sur ses toilettes mais elle était pleine de préjugés et se mettait très vite en colère. Entre leurs baisers, ils demeuraient silencieux, les yeux fixes en se tenant par la main. « Dieu sait à quoi elle pense, avec des yeux si sévères. » Lucien, lui, pensait toujours à la même chose : à cette petite existence triste et vague qui était la sienne, il se disait : « Je voudrais être Lemordant, en voilà un qui a trouvé sa voie ! » À ces moments-là il se voyait comme s'il était un autre : assis près d'une femme qui l'aimait, la main dans sa main, les lèvres encore humides de ses baisers et refusant l'humble bonheur qu'elle lui offrait : seul. Alors il serrait fortement les doigts de la petite Maud et les larmes lui venaient aux yeux : il aurait voulu la rendre heureuse.

Un matin de décembre, Lemordant s'approcha de Lucien ; il tenait un papier. « Veux-tu signer ? demanda-t-il. — Qu'est-ce que c'est ? — C'est à cause des youtres de Normale Sup ; ils ont envoyé à *L'Œuvre* un torchon contre la préparation militaire obligatoire avec deux cents signatures. Alors nous protestons ; il nous faut au moins mille noms : on va faire donner les cyrards, les flottards, les agro, les X, tout le gratin. » Lucien se sentit flatté ; il demanda : « Ça va paraître ? — Dans *L'Action*, sûrement. Peut-être aussi dans *L'Écho de Paris.* » Lucien avait envie de signer sur-le-champ mais il pensa que ce ne serait pas sérieux. Il prit le papier et le lut attentivement. Lemordant ajouta : « Tu ne fais pas de politique, je crois ; c'est ton affaire. Mais tu es Français, tu as le droit de dire ton mot. » Quand il entendit « tu as le droit de dire ton mot », Lucien fut traversé par une inexplicable et rapide jouissance. Il signa. Le lendemain il acheta *L'Action Française*, mais la proclamation n'y figurait pas. Elle ne parut que le jeudi, Lucien la trouva en seconde page sous ce titre : *La jeunesse de France donne un bon direct dans les gencives de la Juiverie internationale.* Son nom était là, condensé, définitif, pas très loin de celui de Lemordant, presque aussi étranger que ceux de

Flèche et de Flipot qui l'entouraient ; il avait l'air habillé. « Lucien Fleurier, pensa-t-il, un nom de paysan, un nom bien français. » Il lut à haute voix toute la série des noms qui commençaient par F et quand ce fut le tour du sien il le prononça en faisant semblant de ne pas le reconnaître. Puis il fourra le journal dans sa poche et rentra chez lui tout joyeux.

Ce fut lui qui alla, quelques jours plus tard, trouver Lemordant. « Tu fais de la politique ? lui demanda-t-il. — Je suis ligueur, dit Lemordant, est-ce que tu lis quelquefois *L'Action* ? — Pas souvent, avoua Lucien, jusqu'ici ça ne m'intéressait pas, mais je crois que je suis en train de changer. » Lemordant le regardait sans curiosité, de son air imperméable. Lucien lui raconta, tout à fait en gros, ce que Bergère avait appelé son « désarroi ». « D'où es-tu ? demanda Lemordant. — De Férolles. Mon père y a une usine. — Combien de temps es-tu resté là-bas ? — Jusqu'en seconde. — Je vois, dit Lemordant, eh bien, c'est simple, tu es un déraciné. As-tu lu Barrès ? — J'ai lu *Colette Baudoche*. — Ce n'est pas cela, dit Lemordant avec impatience. Je vais t'apporter *Les Déracinés*, cet après-midi : c'est ton histoire. Tu trouveras là le mal et son remède. » Le livre était relié en cuir vert. Sur la première page un « ex-libris André Lemordant » se détachait en lettres gothiques. Lucien fut surpris : il n'avait jamais songé que Lemordant pût avoir un petit nom.

Il commença sa lecture avec beaucoup de méfiance : tant de fois déjà on avait voulu l'expliquer ; tant de fois on lui avait prêté des livres en lui disant : « Lis ça, c'est tout à fait toi. » Lucien pensa, avec un sourire un peu triste, qu'il n'était pas quelqu'un qu'on pût démonter ainsi en quelques phrases. Le complexe d'Œdipe, le Désarroi : quels enfantillages et comme c'était loin, tout ça ! Mais, dès les premières pages, il fut séduit : d'abord ça n'était pas de la psychologie — Lucien en avait par-dessus la tête, de la psychologie —, les jeunes gens dont parlait Barrès n'étaient pas des individus abstraits, des déclassés comme Rimbaud ou Verlaine, ni des malades comme toutes ces Viennoises désœuvrées qui se faisaient psychanalyser par Freud. Barrès commençait par les placer dans leur milieu, dans leur famille : ils avaient été bien élevés, en province, dans de solides traditions ; Lucien trouva que Sturel lui ressemblait. « C'est pourtant vrai, se dit-il, je suis un déraciné. » Il pensa à la santé morale des Fleurier, une santé qui ne s'acquiert qu'à la campagne, à leur force physique (son grand-père tordait un sou de bronze entre ses doigts) ; il se rappela avec émotion les aubes de Férolles : il se levait, il descendait à pas de loup pour ne pas réveiller ses parents, il enfourchait sa bicyclette et le doux paysage d'Ile-de-France l'enveloppait de sa discrète caresse. «J'ai toujours détesté Paris», pensa-t-il avec force. Il lut aussi *Le Jardin de Bérénice* et, de temps à autre, il interrompait sa lecture et se mettait à réfléchir, les yeux dans le vague : voilà donc que, de nouveau, on lui offrait un caractère et un destin, un moyen d'échapper aux bavardages intarissables de sa conscience, une méthode pour se définir et s'apprécier. Mais combien il préférait aux bêtes immondes et lubriques de Freud, l'inconscient plein d'odeurs agrestes dont Barrès lui faisait cadeau. Pour le saisir, Lucien n'avait qu'à se détourner d'une stérile et dangereuse contemplation de soi-même : il fallait qu'il étudiât le sol et le sous-sol de Férolles, qu'il déchiffrât le sens des collines onduleuses qui descendent jusqu'à la Sernette, qu'il s'adressât à la géographie humaine et à l'histoire. Ou bien, tout simplement, il devait retourner à Férolles, y vivre : il le trouverait à ses pieds, inoffensif et fertile, étendu à travers la campagne férollienne, mêlé aux bois, aux sources, à l'herbe, comme un humus nourrissant où Lucien puiserait enfin la force de devenir un chef. Lucien sortait très exalté de ces longues songeries et même, de temps à autre, il avait l'impression d'avoir trouvé sa voie. À présent, quand il demeurait silencieux près de Maud, un bras passé autour de sa taille, des mots, des bribes de phrases résonnaient en lui : « renouer la tradition », « la terre et les

morts » ; mots profonds et opaques, inépui-
sables. « Comme c'est tentant », pensait-il. Pourtant, il n'osait y croire : trop souvent déjà, on
l'avait déçu. Il s'ouvrit de ses craintes à Lemordant : « Ce serait trop beau. — Mon cher, répondit Lemordant, on ne croit pas tout de suite ce
qu'on veut : il faut des pratiques. » Il réfléchit un
peu et dit : « Tu devrais venir avec nous. » Lucien
accepta de grand cœur, mais il tint à préciser
qu'il gardait sa liberté : « Je viens, dit-il, mais ça
ne m'engage pas. Je veux voir et réfléchir. »

Lucien fut charmé par la camaraderie des
jeunes camelots ; ils lui firent un accueil cordial
et simple, et, tout de suite, il se sentit à l'aise
au milieu d'eux. Il connut bientôt la « bande »
de Lemordant, une vingtaine d'étudiants qui
portaient presque tous le béret de velours. Ils
tenaient leurs assises au premier étage de la brasserie *Polder* où ils jouaient au bridge et au billard.
Lucien allait souvent les y retrouver et bientôt il
comprit qu'ils l'avaient adopté, car il était toujours reçu aux cris de : « Voilà le plus beau ! » ou
« C'est notre Fleurier national ! ». Mais c'était
leur bonne humeur qui séduisait surtout
Lucien : rien de pédant ni d'austère ; peu de
conversations politiques. On riait, et on chantait, voilà tout, on poussait des gueulantes ou
bien on battait des bans en l'honneur de la jeunesse estudiantine. Lemordant lui-même, sans
se départir d'une autorité que personne n'aurait

osé lui contester, se détendait un peu, se laissait aller à sourire. Lucien, le plus souvent, se taisait, son regard errait sur ces jeunes gens bruyants et musclés : « C'est une force », pensait-il. Au milieu d'eux il découvrait peu à peu le véritable sens de la jeunesse : il ne résidait pas dans la grâce affectée qu'appréciait un Bergère ; la jeunesse, c'était l'avenir de la France. Les camarades de Lemordant, d'ailleurs, n'avaient pas le charme trouble de l'adolescence : c'étaient des adultes et plusieurs portaient la barbe. À les bien regarder, on trouvait en eux tous un air de parenté : ils en avaient fini avec les errements et les incertitudes de leur âge, ils n'avaient plus rien à apprendre, ils étaient faits. Au début, leurs plaisanteries légères et féroces scandalisaient un peu Lucien : on aurait pu les croire inconscients. Quand Rémy vint annoncer que Mme Dubus, la femme du leader radical, avait eu les jambes coupées par un camion, Lucien s'attendait d'abord à ce qu'ils rendissent un bref hommage à un adversaire malheureux. Mais ils éclatèrent tous de rire et se frappèrent sur les cuisses en disant : « La vieille charogne ! » et « Estimable camionneur ! » Lucien fut un peu contraint, mais il comprit tout à coup que ce grand rire purificateur était un refus : ils avaient flairé un danger, ils n'avaient pas voulu d'un lâche apitoiement et ils s'étaient fermés. Lucien se mit à rire aussi. Peu à peu, leur espièglerie lui apparut sous son véritable jour : elle n'avait que les dehors de la frivolité ; au fond c'était l'affirmation d'un droit : leur conviction était si profonde, si religieuse, qu'elle leur donnait le droit de paraître frivole, d'envoyer promener d'une boutade, d'une pirouette, tout ce qui n'était pas l'essentiel. Entre l'humour glacé de Charles Maurras et les plaisanteries de Desperreau, par exemple (il traînait dans sa poche un vieux bout de capote anglaise qu'il appelait le prépuce à Blum) il n'y avait qu'une différence de degré. Au mois de janvier, l'Université annonça une séance solennelle au cours de laquelle le grade de « doctor honoris causa » devait être conféré à deux minéralogistes suédois. « Tu vas voir un beau chahut », dit Lemordant à Lucien en lui remettant une carte d'invitation. Le grand Amphithéâtre était bondé. Quand Lucien vit entrer, aux sons de *La Marseillaise*, le président de la République et le recteur, son cœur se mit à battre, il eut peur pour ses amis. Presque aussitôt quelques jeunes gens se dressèrent dans les tribunes et se mirent à crier. Lucien reconnut avec sympathie Rémy, rouge comme une tomate, se débattant entre deux hommes qui le tiraient par son veston et criant : « La France aux Français. » Mais il se plut tout particulièrement à voir un monsieur âgé qui soufflait, d'un air d'enfant terrible, dans une petite trompette ; « comme c'est sain », pensa-t-il. Il goûtait vivement ce

mélange original de gravité têtue et de turbu-
lence qui donnait aux plus jeunes cet air mûr et
aux plus âgés cette allure de diablotins. Lucien
s'essaya bientôt, lui aussi, à plaisanter. Il eut
quelques succès et quand il disait d'Herriot :
« S'il meurt dans son lit, celui-là, il n'y a plus de
Bon Dieu », il sentait naître en lui une fureur
sacrée. Alors il serrait les mâchoires et, pendant
un moment, il se sentait aussi convaincu, aussi
étroit, aussi puissant que Rémy ou que Desperreau. « Lemordant a raison, pensa-t-il, il faut des
pratiques, tout est là. » Il apprit aussi à refuser la
discussion : Guigard, qui n'était qu'un républi-
cain, l'accablait d'objections. Lucien l'écoutait
de bonne grâce, mais, au bout d'un moment, il
se fermait. Guigard parlait toujours mais Lucien
ne le regardait même plus : il lissait le pli de son
pantalon et s'amusait à faire des ronds avec la
fumée de sa cigarette en dévisageant les femmes.
Il entendait un peu, malgré tout, les objections
de Guigard, mais elles perdaient brusquement
leur poids et glissaient sur lui, légères et futiles.
Guigard finissait par se taire, très impressionné.
Lucien parla à ses parents de ses nouveaux amis,
et M. Fleurier lui demanda s'il allait devenir
camelot. Lucien hésita et dit gravement : « Je
suis tenté, je suis vraiment tenté. — Lucien, je
t'en prie, ne fais pas ça, dit sa mère, ils sont très
agités, et un malheur est vite arrivé. Vois-tu
qu'on te passe à tabac ou qu'on te mette en pri-

son ? Et puis tu es beaucoup trop jeune pour faire de la politique. » Lucien ne lui répondit que par un sourire ferme et M. Fleurier intervint : « Laisse-le faire, ma chérie, dit-il avec douceur, laisse-le suivre son idée ; il faut en avoir passé par là. » À dater de ce jour, il sembla à Lucien que ses parents le traitaient avec une certaine considération. Pourtant, il ne se décidait pas ; ces quelques semaines lui avaient beaucoup appris : il se représentait tour à tour la curiosité bienveillante de son père, les inquiétudes de Mme Fleurier, le respect naissant de Guigard, l'insistance de Lemordant, l'impatience de Rémy et il se disait en hochant la tête : « Ce n'est pas une petite affaire. » Il eut une longue conversation avec Lemordant, et Lemordant comprit très bien ses raisons, et lui dit de ne pas se presser. Lucien avait encore des crises de cafard : il avait l'impression de n'être qu'une petite transparence gélatineuse qui tremblotait sur la banquette d'un café et l'agitation bruyante des camelots lui paraissait absurde. Mais à d'autres moments il se sentait dur et lourd comme une pierre et il était presque heureux.

Il était de mieux en mieux avec toute la bande. Il leur chanta *La Noce à Rebecca* que Hébrard lui avait apprise aux vacances précédentes et tout le monde déclara qu'il avait été fort amusant. Lucien mis en verve fit plusieurs réflexions mordantes sur les juifs et parla de Berliac qui était si avare : « Je me disais toujours : mais pourquoi est-il si radin, ça n'est pas possible d'être aussi radin. Et puis un beau jour j'ai compris : il était de la tribu. » Tout le monde se mit à rire et une sorte d'exaltation s'empara de Lucien : il se sentait vraiment furieux contre les juifs et le souvenir de Berliac lui était profondément désagréable. Lemordant le regarda dans les yeux et lui dit : « Toi, tu es un pur. » Par la suite, on demandait souvent à Lucien : « Fleurier, dis-nous-en une bien bonne sur les youtres », et Lucien racontait des histoires juives qu'il tenait de son père ; il n'avait qu'à commencer sur un certain ton « un chour Léfy rengontre Plum... » pour mettre ses amis en joie. Un jour, Rémy et Patenôtre dirent qu'ils avaient croisé un juif algérien sur les bords de la Seine et qu'ils lui avaient fait une peur affreuse en s'avançant sur lui comme s'ils voulaient le jeter à l'eau : « Je me disais, conclut Rémy : quel dommage que Fleurier ne soit pas avec nous. — Ça vaut peut-être mieux, qu'il n'ait pas été là, interrompit Desperreau, parce que, lui, il aurait foutu le juif à l'eau pour de bon ! » Lucien n'avait pas son pareil pour reconnaître un juif à vue de nez. Quand il sortait avec Guigard, il lui poussait le coude : « Ne te retourne pas tout de suite : le petit gros, derrière nous, c'en est un ! — Pour ça, disait Guigard, tu as du flair ! » Fanny, elle non plus, ne pouvait pas sentir les juifs ; ils montèrent tous les quatre dans la chambre de Maud un jeudi, et Lucien chanta *La Noce à Rebecca*. Fanny n'en pouvait plus, elle disait : « Arrêtez, arrêtez, je vais faire pipi dans mon pantalon » et, quand il eut fini, elle lui lança un regard heureux, presque tendre. À la brasserie *Polder*, on finit par monter un bateau à Lucien. Il se trouvait toujours quelqu'un pour dire négligemment : « Fleurier qui aime tant les juifs... » ou bien « Léon Blum, le grand ami de Fleurier... » et les autres attendaient dans le ravissement, en retenant leur souffle, la bouche ouverte. Lucien devenait rouge, il frappait sur la table en criant : « Sacré nom... ! » et ils éclataient de rire, ils disaient : « Il a marché ! il a marché ! Il n'a pas marché : il a couru ! »

Il les accompagnait souvent à des réunions politiques et il entendit le professeur Claude et Maxime Real del Sarte. Son travail souffrait un peu de ces obligations nouvelles, mais comme, en tout état de cause, Lucien ne pouvait compter, cette année-là, sur un succès au concours de Centrale, M. Fleurier se montra indulgent : « Il faut bien, dit-il à sa femme, que Lucien apprenne son métier d'homme. » Au sortir de ces réunions, Lucien et ses amis avaient la tête en feu et ils faisaient des gamineries. Une fois, ils étaient une dizaine et ils rencontrèrent un petit bonhomme olivâtre qui traversait la rue Saint-André-des-Arts en lisant *L'Humanité*. Ils le coincèrent contre un mur, et Rémy lui ordonna : «Jette ce journal.» Le petit type voulait faire des manières, mais Desperreau se glissa derrière lui et le ceintura pendant que Lemordant, de sa poigne puissante, lui arrachait le journal. C'était très amusant. Le petit homme, furibond, donnait des coups de pied dans le vide en criant : «Lâchez-moi, lâchez-moi» avec un drôle d'accent et Lemordant, très calme, déchirait le journal. Mais quand Desperreau voulut lâcher son bonhomme, les choses commencèrent à se gâter : l'autre se jeta sur Lemordant et l'aurait frappé si Rémy ne lui avait décoché à temps un bon coup de poing derrière l'oreille. Le type alla dinguer contre le mur et les regarda tous d'un air mauvais en disant : «Sales Français ! — Répète ce que tu as dit», demanda froidement Marchesseau. Lucien comprit qu'il allait y avoir du vilain : Marchesseau n'entendait pas la plaisanterie quand il s'agissait de la France. «Sales Français !» dit le métèque. Il reçut une claque formidable et se jeta en avant, tête baissée en hurlant : «Sales Français, sales bourgeois, je vous déteste, je voudrais que vous creviez tous, tous, tous !» et un flot d'autres injures immondes et d'une violence que Lucien n'aurait même pas pu imaginer. Alors ils perdirent patience et furent obligés de s'y mettre un peu tous, et de lui donner une bonne correction. Au bout d'un moment ils le lâchèrent et le type se laissa aller contre le mur ; il flageolait, un coup de poing lui avait fermé l'œil droit, et ils étaient tous autour de lui, fatigués de frapper, attendant qu'il tombe. Le type tordit la bouche et cracha : «Sales Français ! — Tu veux qu'on recommence», demanda Desperreau, tout essoufflé. Le type ne parut pas entendre : il les regardait avec défi de son œil gauche et répétait : «Sales Français, sales Français !» Il y eut un moment d'hésitation, et Lucien comprit que ses copains allaient abandonner la partie. Alors ce fut plus fort que lui, il bondit en avant et frappa de toutes ses forces. Il entendit quelque chose qui craquait, et le petit bonhomme le regarda d'un air veule et surpris : «Sales...» bafouilla-t-il. Mais son œil poché se mit à béer sur un globe rouge et sans prunelle ; il tomba sur les genoux et ne dit plus rien. «Foutons le camp», souffla Rémy. Ils coururent et ne s'arrêtèrent que sur la place Saint-Michel : personne ne les poursuivait. Ils arrangèrent leurs cravates et se brossèrent les uns les autres, du plat de la main.

La soirée s'écoula sans que les jeunes gens fissent allusion à leur aventure, et ils se montrèrent particulièrement gentils les uns pour les autres : ils avaient délaissé cette brutalité pudique qui leur servait, d'ordinaire, à voiler leurs sentiments. Ils se parlaient avec politesse et Lucien pensa qu'ils se montraient, pour la première fois, tels qu'ils devaient être dans leurs familles ;

mais il était lui-même très énervé : il n'avait pas l'habitude de se battre en pleine rue contre des voyous. Il pensa à Maud et à Fanny avec tendresse.

Il ne put trouver le sommeil. « Je ne peux pas continuer, pensa-t-il, à les suivre dans leurs équipées en amateur. À présent, tout est bien pesé, il *faut* que je m'engage ! » Il se sentait grave et presque religieux quand il annonça la bonne nouvelle à Lemordant. « C'est décidé, lui dit-il, je suis avec vous. » Lemordant lui frappa sur l'épaule, et la bande fêta l'événement en buvant quelques bonnes bouteilles. Ils avaient repris leur ton brutal et gai et ne parlèrent pas de l'incident de la veille. Comme ils allaient se quitter, Marchesseau dit simplement à Lucien : « Tu as un fameux punch ! » et Lucien répondit : « C'était un juif ! »

Le surlendemain, Lucien vint trouver Maud avec une grosse canne de jonc qu'il avait achetée dans un magasin du boulevard Saint-Michel. Maud comprit tout de suite : elle regarda la canne et dit : « Alors, ça y est ? — Ça y est », dit Lucien en souriant. Maud parut flattée ; personnellement, elle était plutôt favorable aux idées de gauche, mais elle avait l'esprit large. « Je trouve, disait-elle, qu'il y a du bon dans tous les partis. » Au cours de la soirée, elle lui gratta plusieurs fois la nuque en l'appelant son petit camelot. À peu de temps de là, un samedi soir, Maud se sentit fatiguée : « Je crois que je vais rentrer, dit-elle, mais tu peux monter avec moi, si tu es sage : tu me tiendras la main et tu seras bien gentil avec ta petite Maud qui a si mal, tu lui raconteras des histoires. » Lucien n'était guère enthousiaste : la chambre de Maud l'attristait par sa pauvreté soigneuse ; on aurait dit une chambre de bonne. Mais il aurait été criminel de laisser passer une si belle occasion. À peine entrée, Maud se jeta sur son lit en disant : « Houff ! comme je suis bien », puis elle se tut et fixa Lucien dans les yeux en retroussant les lèvres. Il vint s'étendre près d'elle et elle se mit la main sur les yeux en écartant les doigts et en disant d'une voix enfantine : « Coucou, je te vois, tu sais, Lucien, je te vois ! » Il se sentait lourd et mou, elle lui mit les doigts dans la bouche et il les suça, puis il lui parla tendrement, il lui dit : « La petite Maud est malade, qu'elle a donc du malheur, la pauvre petite Maud ! » et il la caressa par tout le corps ; elle avait fermé les yeux et elle souriait mystérieusement. Au bout d'un moment, il avait relevé la jupe de Maud et il se trouva qu'ils faisaient l'amour ; Lucien pensa : « Je suis doué. » « Eh bien, dit Maud quand ils eurent fini, si je m'attendais à ça ! » Elle regarda Lucien avec un tendre reproche : « Grand vilain, je croyais que tu serais sage ! » Lucien dit qu'il avait été aussi surpris qu'elle. « Ça s'est fait comme ça », dit-il. Elle réfléchit un peu et lui dit sérieusement : « Je ne regrette rien. Avant c'était peut-être plus pur, mais c'était moins complet. »

« J'ai une maîtresse », pensa Lucien dans le métro. Il était vide et las, imprégné d'une odeur d'absinthe et de poisson frais ; il alla s'asseoir en se tenant raide pour éviter le contact de sa chemise trempée de sueur ; il lui semblait que son corps était en lait caillé. Il se répéta avec force : « J'ai une maîtresse », mais il se sentait frustré : ce qu'il avait désiré de Maud, la veille encore, c'était son visage étroit et fermé, qui avait l'air habillé, sa mince silhouette, son allure de dignité, sa réputation de fille sérieuse, son mépris du sexe masculin, tout ce qui faisait d'elle une personne étrangère, vraiment *une autre*, dure et définitive, toujours hors d'atteinte, avec ses petites pensées propres, ses pudeurs, ses bas de soie, sa robe de crêpe, sa permanente. Et tout ce vernis avait fondu sous son étreinte, il était resté de la chair, il avait approché ses lèvres d'un visage sans yeux, nu comme un ventre, il avait possédé une grosse fleur de chair mouillée. Il revit la bête aveugle qui palpitait dans les draps avec des clapotis et des bâillements velus et il pensa : c'était *nous deux*. Ils n'avaient fait qu'un, il ne pouvait plus distinguer sa chair de celle de Maud, personne ne lui avait jamais donné cette impression d'écœurante intimité, sauf peut-être Riri, quand Riri montrait son pipi derrière un buisson ou quand il s'était oublié et qu'il restait couché sur le ventre et gigotait, le derrière nu, pendant qu'on faisait sécher son pantalon. Lucien éprouva quelque soulagement en pensant à Guigard : il lui dirait demain : « J'ai couché avec Maud, c'est une petite femme épatante, mon vieux : elle a ça dans le sang. » Mais il était mal à l'aise : il se sentait nu dans la chaleur poussiéreuse du métro, nu sous une mince pellicule de vêtements, raide et nu à côté d'un prêtre, en face de deux dames mûres, comme une grande asperge souillée.

Guigard le félicita vivement. Il en avait un peu assez de Fanny : « Elle a vraiment trop mauvais caractère. Hier elle m'a fait la tête toute la soirée. » Ils tombèrent d'accord tous les deux : des femmes comme ça, il fallait bien qu'il y en eût, parce qu'on ne pouvait tout de même pas rester chaste jusqu'au mariage et puis elles n'étaient pas intéressées, ni malades, mais ç'aurait été une erreur de s'attacher à elles. Guigard parla des vraies jeunes filles avec beaucoup de délicatesse et Lucien lui demanda des nouvelles de sa sœur. « Elle va bien, mon vieux, dit Guigard, elle dit que tu es un lâcheur. Tu comprends, ajouta-t-il avec un peu d'abandon, je ne suis pas mécontent d'avoir une sœur : sans ça, il y a des choses dont on ne peut pas se rendre compte. » Lucien le comprenait parfaitement. Par la suite, ils parlèrent souvent des jeunes filles et ils se sentaient pleins de poésie, et Guigard aimait à citer les paroles d'un de ses oncles, qui avait eu beaucoup de succès féminins : « Je n'ai peut-être pas toujours fait le bien, dans ma chienne de vie, mais il y a une chose dont le Bon Dieu me tiendra compte ; je me serais plutôt fait trancher les mains que de toucher à une jeune fille. » Ils retournèrent quelquefois chez les amies de Pierrette Guigard. Lucien aimait beaucoup Pierrette, il lui parlait comme un grand frère un peu taquin et il lui était reconnaissant parce qu'elle ne s'était pas fait couper les cheveux. Il était très absorbé par ses activités politiques ; tous les dimanches matin, il allait vendre *L'Action Française* devant l'église de Neuilly. Pendant plus de deux heures, Lucien se promenait de long en large, le visage durci. Les jeunes filles qui sortaient de la messe levaient parfois vers lui leurs beaux yeux francs ; alors Lucien se détendait un peu, il se sentait pur et fort ; il leur souriait. Il expliqua à la bande qu'il respectait les femmes et il fut heureux de trouver chez eux la compréhension qu'il avait souhaitée. D'ailleurs, ils avaient presque tous des sœurs.

Le 17 avril, les Guigard donnèrent une sauterie pour les dix-huit ans de Pierrette et, naturellement, Lucien fut invité. Il était déjà très ami avec Pierrette, elle l'appelait son danseur et il la soupçonnait d'être un peu amoureuse de lui. Mme Guigard avait fait venir une tapeuse, et l'après-midi promettait d'être fort gai. Lucien dansa plusieurs fois avec Pierrette puis il alla retrouver Guigard qui recevait ses amis dans le fumoir. «Salut, dit Guigard, je crois que vous vous connaissez tous : Fleurier, Simon, Vanusse, Ledoux.» Pendant que Guigard nommait ses camarades, Lucien vit qu'un grand jeune homme roux et frisé, à la peau laiteuse et aux durs sourcils noirs s'approchait d'eux en hésitant, et la colère le bouleversa. «Qu'est-ce que ce type fait ici ? se demanda-t-il, Guigard sait pourtant bien que je ne peux pas sentir les juifs !» Il pirouetta sur ses talons et s'éloigna rapidement pour éviter les présentations. «Qu'est-ce que ce juif ? demanda-t-il un moment plus tard à Pierrette. — C'est Weill, il est aux Hautes Études Commerciales ; mon frère l'a connu à la salle d'armes. — J'ai horreur des juifs», dit Lucien. Pierrette eut un rire léger. «Celui-là est plutôt bon garçon, dit-elle. Menez-moi donc au buffet.» Lucien prit une coupe de champagne et n'eut que le temps de la reposer : il se trouvait nez à nez avec Guigard et Weill. Il foudroya Guigard des yeux et fit volte-face. Mais Pierrette le saisit par le bras, et Guigard l'aborda d'un air ouvert : «Mon ami Fleurier, mon ami Weill, dit-il avec aisance, voilà : les présentations sont faites.» Weill tendit la main, et Lucien se sentit très malheureux. Heureusement, il se rappela tout à coup Desperreau : «Fleurier aurait foutu le juif à l'eau pour de bon.» Il enfonça ses mains dans ses poches, tourna le dos à Guigard et s'en fut. « Je ne pourrai plus remettre les pieds dans cette maison », songea-t-il, en demandant son vestiaire. Il ressentait un orgueil amer. « Voilà ce que c'est que de tenir fortement à ses opinions ; on ne peut plus vivre en société. » Mais dans la rue son orgueil fondit et Lucien devint très inquiet. « Guigard doit être furieux ! » Il hocha la tête et tenta de se dire avec conviction : « Il n'avait pas le droit d'inviter un juif s'il m'invitait ! » Mais sa colère était tombée ; il revoyait avec une sorte de malaise la tête étonnée de Weill, sa main tendue, et il se sentait enclin à la conciliation : « Pierrette pense sûrement que je suis un mufle. J'aurais dû serrer cette main. Après tout, ça ne m'engageait pas. Faire un salut réservé et m'éloigner tout de suite après : voilà ce qu'il fallait faire. » Il se demanda s'il était encore temps de retourner chez les Guigard. Il s'approcherait de Weill et lui dirait : « Excusez-moi, j'ai eu un malaise », il lui serrerait la main et lui ferait un bout de conversation gentille. Mais non : c'était trop tard, son geste était irréparable. « Qu'avais-je besoin, pensa-t-il avec irritation, de montrer mes opinions à des gens qui ne peuvent pas les comprendre ! » Il haussa nerveusement les épaules : c'était un désastre. À cet instant même, Guigard et Pierrette commentaient sa conduite, Guigard disait : « Il est complètement fou ! » Lucien serra les poings. « Oh ! pensa-t-il avec désespoir, ce que je les hais ! Ce que je hais les juifs ! » et il essaya de puiser un peu de force dans la contemplation de cette haine immense. Mais elle fondit sous son regard, il avait beau penser à Léon Blum qui recevait de l'argent de l'Allemagne et haïssait les Français, il ne ressentait plus rien qu'une morne indifférence. Lucien eut la chance de trouver Maud chez elle. Il lui dit qu'il l'aimait et la posséda plusieurs fois, avec une sorte de rage. « Tout est foutu, se disait-il, je ne serai jamais *quelqu'un.* » « Non, non ! disait Maud, arrête, mon grand chéri, pas ça, c'est défendu ! » Mais elle finit par se laisser faire : Lucien voulut l'embrasser partout. Il se sentait enfantin et pervers ; il avait envie de pleurer.

Le lendemain matin, au lycée, Lucien eut un serrement de cœur en apercevant Guigard. Guigard avait l'air sournois et fit semblant de ne pas le voir. Lucien rageait si fort qu'il ne put prendre des notes : « Le salaud ! pensait-il, le salaud ! » À la fin du cours, Guigard s'approcha de lui, il était blême. « S'il rouspète, pensa Lucien, terrorisé, je lui fous des claques. » Ils demeurèrent un instant côte à côte, chacun regardant la pointe de ses souliers. Enfin Guigard dit, d'une voix altérée : « Excuse-moi, mon vieux, je n'aurais pas dû te faire ce coup-là. » Lucien sursauta et le regarda avec méfiance. Mais Guigard continua péniblement : « Je le ren-

contre à la salle, tu comprends, alors j'ai voulu...
nous faisons des assauts ensemble, et il m'avait
invité chez lui, mais je comprends, tu sais, je
n'aurais pas dû, je ne sais pas comment ça se fait,
mais, quand j'ai écrit les invitations, je n'y ai pas
pensé une seconde... » Lucien ne disait toujours
rien parce que les mots ne passaient pas, mais il
se sentait porté à l'indulgence. Guigard ajouta,
la tête basse : « Eh bien, pour une gaffe... —
Espèce d'andouille, dit Lucien, en lui frappant
sur l'épaule, je sais bien que tu ne l'as pas fait
exprès. » Il dit avec générosité : « J'ai eu mes
torts, d'ailleurs. Je me suis conduit comme un
mufle. Mais qu'est-ce que tu veux, c'est plus fort
que moi, je ne peux pas les toucher, c'est physique, j'ai l'impression qu'ils ont des écailles sur
les mains. Qu'a dit Pierrette ? — Elle a ri comme
une folle, dit Guigard piteusement. — Et le
type ? — Il a compris. J'ai dit ce que j'ai pu, mais
il a mis les voiles au bout d'un quart d'heure. »
Il ajouta, toujours penaud : « Mes parents disent
que tu as eu raison, que tu ne pouvais agir autrement du moment que tu as une conviction. »
Lucien dégusta le mot de « conviction » ; il avait
envie de serrer Guigard dans ses bras : « C'est
rien, mon vieux, lui dit-il ; c'est rien, du moment
qu'on reste copains. » Il descendit le boulevard
Saint-Michel dans un état d'exaltation extraordinaire : il lui semblait qu'il n'était plus lui-
même.

Il se dit : « C'est drôle, ça n'est plus moi, je ne me reconnais pas ! » Il faisait chaud et doux : les gens flânaient, portant sur leurs visages le premier sourire étonné du printemps ; dans cette foule molle, Lucien s'enfonçait comme un coin d'acier, il pensait : « Ça n'est plus moi. » Moi, la veille encore, c'était un gros insecte ballonné, pareil aux grillons de Férolles ; à présent, Lucien se sentait propre et net comme un chronomètre. Il entra à *La Source* et commanda un pernod. La bande ne fréquentait pas *La Source* parce que les métèques y pullulaient ; mais, ce jour-là, les métèques et les juifs n'incommodaient pas Lucien. Au milieu de ces corps olivâtres, qui bruissaient légèrement, comme un champ d'avoine sous le vent, il se sentait insolite et menaçant, une monstrueuse horloge accotée contre la banquette et qui rutilait. Il reconnut avec amusement un petit juif que les J. P. avaient rossé, au trimestre précédent, dans les couloirs de la faculté de droit. Le petit monstre, gras et pensif, n'avait pas gardé la trace des coups, il avait dû rester cabossé quelque temps et puis il avait repris sa forme ronde ; mais il y avait en lui une sorte de résignation obscène.

Pour le moment, il avait l'air heureux : il bâilla voluptueusement ; un rayon de soleil lui chatouillait les narines ; il se gratta le nez et sourit. Était-ce un sourire ? ou plutôt une petite oscillation qui avait pris naissance au-dehors, quelque part dans un coin de la salle, et qui était venue mourir sur sa bouche ? Tous ces métèques flottaient dans une eau sombre et lourde dont les remous ébranlaient leurs chairs molles, soulevant leurs bras, agitant leurs doigts, jouant un peu avec leurs lèvres. Les pauvres types ! Lucien avait presque pitié d'eux. Qu'est-ce qu'ils venaient faire en France ? Quels courants marins les avaient apportés et déposés ici ? Ils avaient beau s'habiller décemment, chez des tailleurs du boulevard Saint-Michel, ils n'étaient guère plus que des méduses. Lucien pensa qu'il n'était pas une méduse, qu'il n'appartenait pas à cette faune humiliée, il se dit : «Je suis en plongée.» Et puis, tout à coup, il oublia *La Source* et les métèques, il ne vit plus qu'un dos, un large dos bossué par les muscles, qui s'éloignait avec une force tranquille, qui se perdait, implacable, dans la brume. Il vit aussi Guigard : Guigard était pâle, il suivait des yeux ce dos, il disait à Pierrette invisible : «Eh bien, pour une gaffe !...» Lucien fut envahi par une joie presque intolérable : ce dos puissant et solitaire, c'était le *sien* ! Et la scène s'était passée hier ! Pendant un instant, au prix d'un violent effort, il fut Guigard, il suivit son propre dos avec les yeux de Guigard, il éprouva devant lui-même l'humilité de Guigard et se sentit délicieusement terrorisé. «Ça leur servira de leçon !» pensa-t-il. Le décor changea : c'était le boudoir de Pierrette, ça se passait dans l'avenir. Pierrette et Guigard désignaient, d'un air un peu confit, un nom sur une liste d'invitations. Lucien n'était pas présent, mais sa puissance était sur eux. Guigard disait : « Ah ! non, pas celui-là ! Eh bien, avec Lucien, ça ferait du joli ; Lucien qui ne peut pas souffrir les juifs ! » Lucien se contempla encore une fois, il pensa : « Lucien, c'est moi ! Quelqu'un qui ne peut pas souffrir les juifs. » Cette phrase, il l'avait souvent prononcée, mais aujourd'hui ça n'était pas pareil aux autres fois. Pas du tout. Bien sûr, en apparence, c'était une simple constatation, comme si on avait dit : « Lucien n'aime pas les huîtres », ou bien : « Lucien aime la danse. » Mais il ne fallait pas s'y tromper : l'amour de la danse, peut-être qu'on aurait pu le découvrir aussi chez le petit juif, ça ne comptait pas plus qu'un frisson de méduse ; il n'y avait qu'à regarder ce sacré youtre pour comprendre que ses goûts et ses dégoûts restaient collés à lui comme son odeur, comme les reflets de sa peau, qu'ils disparaîtraient avec lui comme les clignotements de ses lourdes paupières, comme ses sourires gluants de volupté. Mais l'antisémitisme de Lucien était d'une autre sorte : impitoyable et pur, il pointait hors de lui comme une lame d'acier, menaçant d'autres poitrines. « Ça, pensa-t-il, c'est... c'est sacré ! » Il se rappela que sa mère, quand il était petit, lui disait parfois d'un certain ton : « Papa travaille dans son bureau. » Et cette phrase lui semblait une formule sacramentelle qui lui conférait soudain une nuée d'obligations religieuses, comme de ne pas jouer avec sa carabine à air comprimé, de ne pas crier «Tararaboum» ; il marchait dans les couloirs sur la pointe des pieds, comme s'il avait été dans une cathédrale. «À présent, c'est mon tour», pensa-t-il avec satisfaction. On disait en baissant la voix : «Lucien n'aime pas les juifs», et les gens se sentaient paralysés, les membres transpercés d'une nuée de petites fléchettes douloureuses. «Guigard et Pierrette, se dit-il avec attendrissement, sont des enfants.» Ils avaient été très coupables, mais il avait suffi que Lucien leur montrât un peu les dents et, aussitôt, ils avaient eu du remords, ils avaient parlé à voix basse et s'étaient mis à marcher sur la pointe des pieds.

Lucien, pour la seconde fois, se sentit plein de respect pour lui-même. Mais, cette fois-ci, il n'avait plus besoin des yeux de Guigard : c'était à ses propres yeux qu'il paraissait respectable — à ses yeux qui perçaient enfin son enveloppe de chair, de goûts et de dégoûts, d'habitudes et d'humeurs. «Là où je me cherchais, pensa-t-il, je ne pouvais pas me trouver.» Il avait fait, de bonne foi, le recensement minutieux de tout ce qu'il *était*. «Mais si je ne devais être que ce que je suis, je ne vaudrais pas plus que ce petit youtre.» En fouillant ainsi dans cette intimité de muqueuse, que pouvait-on découvrir, sinon la tristesse de la chair, l'ignoble mensonge de l'égalité, le désordre? «Première maxime, se dit Lucien, ne pas chercher à voir en soi; il n'y a pas d'erreur plus dangereuse.» Le vrai Lucien — il le savait à présent —, il fallait le chercher dans les yeux des autres, dans l'obéissance craintive de Pierrette et de Guigard, dans l'attente pleine d'espoir de tous ces êtres qui grandissaient et mûrissaient pour lui, de ces jeunes apprentis qui deviendraient *ses* ouvriers, des Férolliens grands et petits, dont il serait un jour le maire. Lucien avait presque peur, il se sentait presque trop grand pour lui. Tant de gens l'attendaient, au port d'armes : et lui il était, il serait toujours cette immense attente des autres. «C'est ça, un chef», pensa-t-il. Et il vit réapparaître un dos musculeux et bossué, et puis, tout de suite après, une cathédrale. Il était dedans, il s'y promenait à pas de loup sous la lumière tamisée qui tombait des vitraux. «Seulement, ce coup-ci, c'est moi la cathédrale!» Il fixa son regard avec intensité sur son voisin, un long Cubain brun et doux comme un cigare. Il fallait absolument trouver des mots pour exprimer son extraordinaire découverte. Il éleva doucement, précautionneusement sa main jusqu'à son front, comme un cierge allumé, puis il se recueillit un instant, pensif et sacré, et les mots vinrent d'eux-mêmes, il murmura : «J'AI DES DROITS!» Des

droits ! Quelque chose dans le genre des tri-
angles et des cercles : c'était si parfait que ça
n'existait pas, on avait beau tracer des milliers
de ronds avec des compas, on n'arrivait pas à
réaliser un seul cercle. Des générations d'ouvriers pourraient, de même, obéir scrupuleuse-
ment aux ordres de Lucien, ils n'épuiseraient
jamais son droit à commander ; les droits, c'était,
par-delà l'existence, comme les objets mathématiques et les dogmes religieux. Et voilà que
Lucien, justement, c'était ça : un énorme bouquet de responsabilités et de droits. Il avait longtemps cru qu'il existait par hasard, à la dérive :
mais c'était faute d'avoir assez réfléchi. Bien
avant sa naissance, sa place était marquée au
soleil, à Férolles. Déjà — bien avant, même, le
mariage de son père — on l'*attendait*; s'il était
venu au monde, c'était pour occuper cette
place : « J'existe, pensa-t-il, parce que j'ai le droit
d'exister. » Et, pour la première fois, peut-être,
il eut une vision fulgurante et glorieuse de son
destin. Il serait reçu à Centrale, tôt ou tard (ça
n'avait d'ailleurs aucune importance). Alors, il
laisserait tomber Maud (elle voulait tout le
temps coucher avec lui, c'était assommant ; leurs
chairs confondues dégageaient à la chaleur tor-
ride de ce début de printemps une odeur de
gibelotte un peu roussie. « Et puis Maud est à
tout le monde, aujourd'hui à moi, demain à un
autre, tout ça n'a aucun sens ») ; il irait habiter

à Férolles. Quelque part en France, il y avait une jeune fille claire dans le genre de Pierrette, une provinciale aux yeux de fleur, qui se gardait chaste pour lui : elle essayait parfois d'imaginer son maître futur, cet homme terrible et doux ; mais elle n'y parvenait pas. Elle était vierge ; elle reconnaissait au plus secret de son corps le droit de Lucien à la posséder seul. Il l'épouserait, elle serait *sa* femme, le plus tendre de ses droits. Lorsqu'elle se dévêtirait le soir, à menus gestes sacrés, ce serait comme un holocauste. Il la prendrait dans ses bras avec l'approbation de tous, il lui dirait : « Tu es à moi ! » Ce qu'elle lui montrerait, elle aurait le devoir de ne le montrer qu'à lui, et l'acte d'amour serait pour lui le recensement voluptueux de ses biens. Son plus tendre droit ; son droit le plus intime : le droit d'être respecté jusque dans sa chair, obéi jusque dans son lit. « Je me marierai jeune », pensa-t-il. Il se dit aussi qu'il aurait beaucoup d'enfants ; puis il pensa à l'œuvre de son père ; il était impatient de la continuer et il se demanda si M. Fleurier n'allait pas bientôt mourir.

Une horloge sonna midi ; Lucien se leva. La métamorphose était achevée : dans ce café, une heure plus tôt, un adolescent gracieux et incertain était entré ; c'était un homme qui en sortait, un chef parmi les Français. Lucien fit quelques pas dans la glorieuse lumière d'un matin de France. Au coin de la rue des Écoles et du bou-

levard Saint-Michel, il s'approcha d'une papete-
rie et se mira dans la glace : il aurait voulu
retrouver sur son visage l'air imperméable qu'il
admirait sur celui de Lemordant. Mais la glace
ne lui renvoya qu'une jolie petite figure butée,
qui n'était pas encore assez terrible : « Je vais laisser pousser ma moustache », décida-t-il.

Honoré de BALZAC   *La Fausse Maîtresse*
Un drame amoureux dans lequel le mensonge et la séduction tiennent les premiers rôles.

Ray BRADBURY   *Le meilleur des mondes possibles* et
                         autres nouvelles
Ray Bradbury, grand maître de l'imaginaire, nous entraîne dans son univers où le fantastique et la poésie se rejoignent.

COLLECTIF   *L'œil du serpent.* Contes folkloriques japonais
Merveilleux et étranges, ces contes nous entraînent au cœur de la mythologie japonaise peuplée de créatures fantastiques et de paysans naïfs.

Federico GARCÍA LORCA   *Romancero gitan* suivi de *Chant
                         funèbre pour Ignacio Sanchez Mejias*
Sur fond de guitares andalouses, découvrez toute la sensualité et la force de l'âme gitane sous la plume du plus grand poète espagnol du XXᵉ siècle.

Jean-Jacques ROUSSEAU   *« En méditant sur les dispositions de
                         mon âme... »* et autres *Rêveries*
                         suivi de *Mon portrait*
Promenez-vous dans la campagne avec Rousseau, herborisez et laissez-vous porter par les méditations de l'un des écrivains les plus singuliers du XVIIIᵉ siècle.

Et dans la série *« Femmes de lettres »*

Madame ROLAND   *Enfance*
Mme Roland fut arrêtée comme Girondine et guillotinée en 1793. Elle passa ses mois de captivité à rédiger d'admirables Mémoires dont on trouvera ici les premiers chapitres.

Comtesse de SÉGUR   *Ourson*
Sophie Rostopchine, devenue comtesse de Ségur, doit sa renommée exceptionnelle à ses contes et romans : *Les Petites Filles modèles, Les Malheurs de Sophie, Mémoires d'un âne, Un bon petit diable* et bien d'autres...

Marguerite de VALOIS   *Mémoires (1569-1577)*
Les *Mémoires* de Marguerite de Valois, première épouse d'Henri IV, constituent un témoignage exceptionnel sur la cour de Catherine de Médicis et les guerres de religion. Alexandre Dumas s'en est inspiré pour son roman historique, *La Reine Margot*.

Madame de VILLENEUVE   *La Belle et la Bête*
Gabrielle-Suzanne de Villeneuve est l'auteur de l'un des contes de fées les plus célèbres de la littérature française.

Louise de VILMORIN   *Sainte-Unefois*
Figure du Tout-Paris, amie de Jean Cocteau et compagne d'André Malraux à la fin de sa vie, Louise de Vilmorin est l'auteur d'une quinzaine de romans, de recueils de poèmes et d'une immense correspondance. *Sainte-Unefois* est son premier roman.

Composition Bussière.
Impression Novoprint
à Barcelone, le 9 avril 2010
Dépôt légal : avril 2010
Premier dépôt légal dans la collection : septembre 2003

ISBN 978-2-07-030406-6./Imprimé en Espagne.